「クレオ、お前は本日をもって
ファーシード家より勘当とする」
てください、お父様!?」
クレオ・ファーシード
JN000504

「ちょっと、なに考えてるんですか！」

「なんだぁ？　てめぇ……
この俺様が、ゴウン・オルザールだと知ってのことかァ!?」

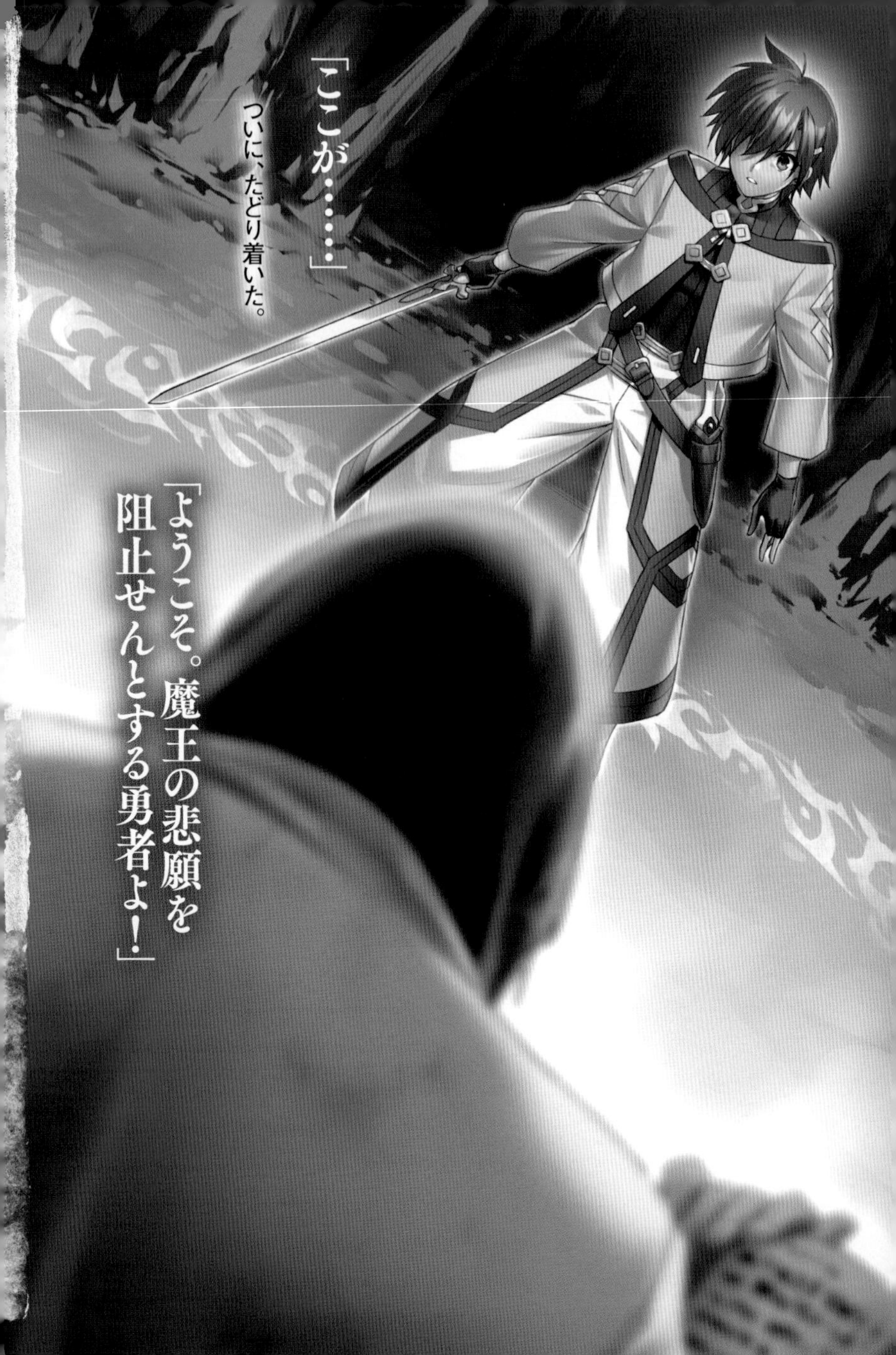
「ここが……」
ついに、たどり着いた。
「ようこそ。魔王の悲願を阻止せんとする勇者よ！」

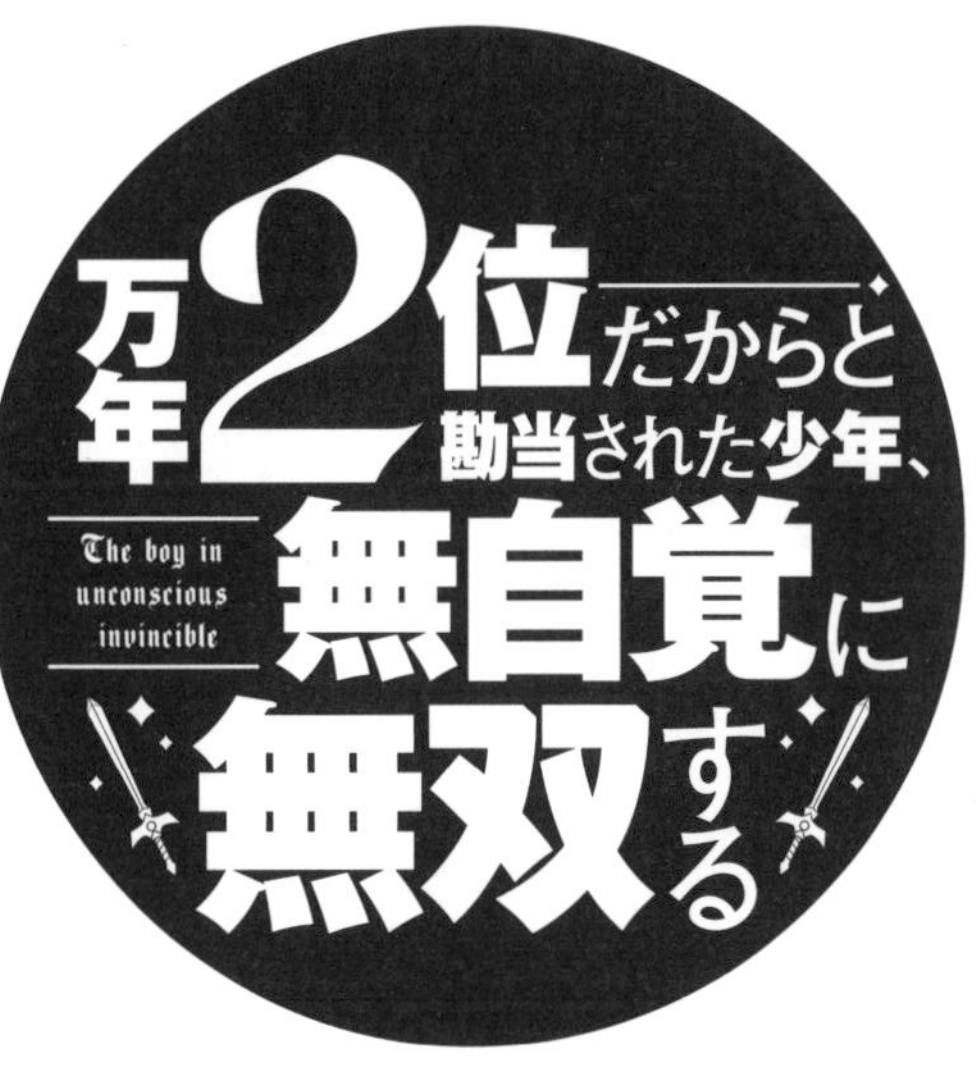
万年2位だからと
勘当された少年、
The boy in unconscious invincible
無自覚に
無双する

著 あざね　ill. ZEN

contents

デザイン／百足屋ユウコ+フクシマナオ（ムシカゴグラフィクス）

プロローグ
万年2位、勘当されて冒険者になる。――― 7

第1章
世界最高の剣士を目指す者。――― 31

第2章
それはきっと、小さな幸せ。――― 83

第3章
異世界からの訪問者、その末路。――― 152

第4章
第○回！ クレオさん会議！――― 204

巻末書き下ろし
学園時代のクレオ。――― 226

The boy in unconscious invincible

プロローグ　万年2位、勘当されて冒険者になる。

「クレオ、お前は本日をもってファーシード家より勘当とする」

「えっ……。ちょっと待ってください、お父様⁉」

王都立学園を卒業して間もなく、ボクは父のダン・ファーシードに言い渡された。どうしてかと問われれば思い当たる節はある。

でもあまりに酷い宣告だ。だから、思わず声を上げてしまう。

そんなボクに、父は無慈悲に、そして今までの家族としての時間を忘れたかのようにこう言うのだった。

「王都でも名門と呼ばれる我がファーシード家において、なんの取り柄もない者など要らぬと、以前より伝えていたはずだ。クレオ——貴様は、学園時代に一つとして1位を獲得したことがあったか？　座学にしろ、実践にしろ、だ」

「そ、それは……！」

その言葉に、ボクはうつむくしかない。

父の言う通りだった。ボクはこの家の家訓である、エキスパートたれ、という言葉を体現できなかったのだ。幼少期から何度も指摘され、努力してきたはずだった。魔法学に剣術、その他にもあらゆる学問において。

だが、ついぞ何かしらのジャンルにおいて1位を獲得するに至らなかった。

それはつまり、この家での存在理由を失うことに他ならない。

「よって、クレオ。貴様は勘当だ――なに、儂も鬼ではない。路銀をある程度は恵んでやる。それを持って、明日のうちに王都から出ていくんだな」

「…………分かり、ました」

ボクは拳を震わせながら、呟くように答えた。

それがすべての始まりであり、ボクがファーシードの名を失った瞬間だ。

◆

――翌日。

ボクは数人の使用人に見送られて、家を出た。

与えられたのは最低限の衣服と食糧、そして昨夜の話にもあった路銀。今まで拠り所にしていたファーシード家の家紋は、どこにも刻まれていない。

これでボク――クレオは、正真正銘、ただのクレオという少年になった。

「でも、この王都を出てどこに行けばいいんだろう……」

そんなことを考えながら、ボンヤリと街を歩く。

街を出ろと言われても、この街以外での暮らしが分からない。頭を抱えてしまった。でも、もしかしたらと、一つの選択肢が浮かぶ。

「んー、別に王都を出なくてもいいんじゃないか？」

どうして、ファーシードでなくなっただけで、街を追い出されなければならないのか。考えたら疑問しか浮かんでこなかった。

だったらいっそのこと、この街のどこかで好き勝手に暮らしても良いのではないだろうか。エキスパートではないけれど、学園で身に着けたスキルを活かせる場所で人生の再出発を図っても、構わないのではないだろうか、と。

「だとしたら、一つ考えがあるな……」

ボクは自然と足を、ある建物の方へと向けていた。

あそこなら身分をある程度偽っても大丈夫だろうし、何よりも――。

「家訓とか、そんなの関係ないからね！」

そして辿(たど)り着いたのは、冒険者ギルドだった。

そう、自由を生業とするここでなら、今までの窮屈な生活から脱却できる。ボクはもう迷うことなく、ドアを押し開けた。

そこに広がっていたのは、貴族としての生活では見たこともない乱雑な空間。酒場が併設されているためか、どことなく酒気が漂っていた。

「……うん。まぁ、いっか」

一瞬だけ眉をひそめたけれど、ボクはすぐに気持ちを切り替える。

そして、受付のオバサンに話しかけて……。

「はい、これがギルドカードね？」

「ありがとうございます！」

簡単な手続きの末に、冒険者となることが出来た。

これで後はクエストというものを受注するだけで良い。あるいは仲間の募集をかけるでも良い。

どちらにしようか、考えた結果……。

「よし、まずは腕試しにダンジョンに潜ってみよう！」

自分のことを決めるのは自分だ。

ボクは真っ先に街外れのダンジョンへと向かうのであった。

◆

ドラゴンがブレスを吐く。

ボクはそれに対して、防御魔法で障壁を張った。目の前に張り出された薄い壁に沿って、炎が左右に拡散されていく。喰（く）らえば骨まで消し炭になるとのことだけど、当たらなければどうということはなかった。

そして、ブレスが止まれば今度はボクの攻撃だ。

「とはいっても、剣は持ってきてないから――今回は魔法かな？」

ふっと息をついて、魔力を高める。

魔法学の分野においては、幼馴染（おさななじ）みのリリアナに負けて２番手だった。けれど詠唱破棄だとか、他にも上級魔法の大半は修めている。

今回はドラゴンの装甲――堅い鱗（うろこ）のことも考慮して、爆裂魔法が良いかな。

「さて、どれだけのダメージになるか――【エクスプロージョン】！」

そう口にして、手をかざすと——ドオオオオオオオオオオオオオオン!!

魔法の威力を高めるロッドなどはないけれども、ドラゴンの上半身が吹き飛んだ。断末魔の叫びを上げる暇もなく、ドラゴンは魔素へと還っていく。

この魔素という欠片や結晶だが、ギルドに持って帰ると換金してくれるらしい。

ドラゴンから出た魔素——いくらくらいになるのかな?

「さて、今日はこれくらいにしておこうかな?」

ボクはバッグに入っている魔素を確認しつつ、そう独りごちた。

倒したのはデイモン十五体にヒュドラが八体、そして今のドラゴンを一体。初めての冒険でこの戦果なのだから、悪くない方だと思った。基準は分からないけれども。

では、ギルドに戻ることにしよう。

意気揚々。

ボクはスキップに鼻歌まじり、帰路につくのだった。

しかし、気付いていなかったのだ。この初陣を、陰からこっそりと見ていた人物がいたことに。

◆

「はぇぇ……。こんな額になるんだぁ……」

ボクは換金を終えて、ギルドカードに刻まれた数字を見て驚いていた。

父から受け取った路銀はせいぜい、金貨十余枚。しかしながら、ボクが今回ダンジョンに潜ったことで得た報酬は金貨二十余枚だった。

金銭感覚についてはあまり自信ないけれど、少ない額ではないのは分かる。

なるほど、これなら生活もそれほど困らないだろう、と思った。

「んー、あまり行きたくないけど、食事は摂らないとなぁ」

さてさて。

ボクは続いて、初めて酒場という場所に向かうことにした。

未成年なので酒は飲めないけれども、情報交換など、そういった場になっている。だとしたら、出向かないわけにはいかなかった。

これでも一応、冒険者の端くれになったわけだからね！

「いらっしゃいませー！　ご注文はなんにしましょう？」

「あ、えっと。じゃあ、金貨五枚で食べられるだけ！」

「きききききき、金貨五枚⁉」

「え？　どうかしましたか？」

「いえ、なんでも!!」

　ボクが金を取り出して見せると、酒場の店員の女性はひっくり返りそうになった。

　首を傾げていると、首を大きく左右に振りながら奥へ行ってしまう。いったいどうしたのだろうか、と思っていると、不意に声をかけられた。

「やあ、そこの少年。隣座っても良いかな?」

「ん、構いませんよ?」

　声のした方を見ると、立っていたのはフードを被った男性。ボクが答えると、おもむろにそれを取って、柔和な笑みを浮かべた顔を露わにした。

　若いエルフのようだ。

　長い耳に、短い金の髪。蒼(あお)の瞳には、不思議な魅力が詰まっている。

　彼は隣に座ると、一つ二つ頷(うなず)いてから、こう名乗った。

「私の名前はキーン・ディンローという。キミの名前は?」

　男性――キーンは、店員に注文してからこちらを見る。

「クレオです。家名は――そんな、大層なものはありません」

「そうかい。つまりキミは、貧困層の出身、というわけか」

「ははは、そういうことで一つ!」

　そこへ、飲み物が運ばれてくる。

ボクにはジュース、キーンにはエールだった。

特別に示し合わせたわけでもないが、ボクらは互いに乾杯して、一気に飲み干す。するとキーンは、何度か頷いてからこう訊いてきた。

「ところで、クレオは一人で冒険者を？」

「はい、今日なったばかりの新米です！」

「そうか！　それなら、話が早い！」

ボクの返答に、キーンは素早くこちらの手を取る。

そして、こう提案してくるのだ。

「よければ、私の仲間になってくれないかい？　王都に出てきたは良いものの、どこのパーティーも人手は足りているらしくてね……」

少し悲しげに、頬を掻きながら。

しかし、それはボクにとってもありがたい申し出だった。

「こちらこそ、よろしくお願いします！　ボクも、一人では不安だったので‼」

これは幸先がいいぞ！

キーンと握手を交わしながら、ボクは笑う。

その時だった。

「はい、お客様！　金貨五枚分の食事です!!」

「え……？」

「ん……？」


目の前に、ずらっと大量の料理が並べられたのは。

それを見て、キーンはこう言った。

「なぁ、クレオ。これは誰が食べるんだい……？」

「さ、さぁ……？」


——残すのはもったいないので、酒場にいた人全員で分けあいました。

◆

「え、こんな強い魔物の討伐クエスト——大丈夫なの？　キーン」

「大丈夫さ。なんて言ったって、私はそんじょそこらの魔法使いではないからね！　生まれが違えば、きっと王宮魔法使いになっていただろう」

「王宮魔法使いかぁ……。リリアナ、元気かな……」

ひとまず紹介された宿で夜を明かして、翌日の昼。

ボクはダンジョンに向かう最中にキーンの話を聞いて、魔法学で1位を取っていた幼馴染みの少女を思い出していた。王宮魔法使いとは、王都立学園の魔法学で優秀な成績——すなわち、首席を取った者の就職先だ。安定した将来が約束されている、魔法を得意とする者の憧れの場所である。

「ところで、クレオ。キミのクラスは何なんだい？」

「え、クラス……？」

過去に思いを馳せていると、不意にそう訊ねられた。

意味を理解できずにボクがポカンとしていると、キーンは呆れたように肩をすくめる。そして、ボクの腰にあるものを指差して、こう言うのだった。

「キミは魔法使いだろう？　それなのに、どうして剣を携えているんだい」

「え、あぁ……。これのこと、か」

ボクは視線を落として、腰元の剣を見る。

これは朝早くに、武器屋で購入したものだった。たしかにボクは魔法使いとしても戦えるけど、剣術も苦手なわけではない。

そんなわけで、戦闘手段は多いに越したことないだろう、と。

安直な考えをもとに買ってきたのだった。

「ははは、ボクは剣も腕に覚えがあるからね」

「魔法使いの剣術、ねぇ……。まぁ、それなりに期待しておこう」

でも、いっぱしの剣士のような戦いが出来る保証はない。

だから苦笑いしつつ答えると、キーンは二度ほど頷いてから納得した。彼の言う通りだろう。自分はあくまで、剣術でも2番手だったのだから。

しかし、実力を惜しむつもりは毛頭なかった。

この力が必要となった時には、全力で敵に立ち向かうことに決めている。

家のしがらみがなくなったのだから、好きなように冒険者として生きるのだ。

◆

そうして、ダンジョンに潜ること数時間が経過した。

目的の魔物がいる階層に辿り着き、慎重に周囲を確認する。薄暗い道を魔法の明かりで照らし、ゆっくりと進んでいった。

数メイル先に、目的の魔物を発見する。

「キーン、いたよ。キングデイモンだ……！」

「あぁ、そうだな」

――キングデイモン。

悪魔型の魔物、デイモン族の頂点に君臨する種だ。発達した肉体と大きな鉤爪(かぎづめ)を持ち、大きな翼をはためかせて空を飛ぶこともできる。

そして何よりも、注意すべきなのは魔力の光弾を放つ――俗に【ショット】という攻撃だった。単純な魔力変換による攻撃なのだが、キングデイモンのそれは桁違いの威力を誇る。

「気付かれないように注意して、初撃必殺で仕留めるぞ！」

「分かった、それじゃ――」

キーンの言葉に、ボクは大きく頷く。

そして、剣を引き抜いた。

「囮(おとり)は任せて！」

「あぁ、すぐに強力な魔法をぶちかましてやるさ！」

ボクは自ら囮を買って出た。

この状況、魔法を専門にしているキーンに後方を任せるのが無難だろう。だとすれば、ボクに出来る最善手は相手の注意を引き付けることだった。

意識共有も問題なく済ませて、ボクはキングデイモンにその身を晒(さら)す。

悪魔型の魔物は咆哮(ほうこう)を上げて【ショット】を打ち込んできた。

「おっと、こっちだよ！」

しかしボクは、ひらりと躱(かわ)して。

挑発するようにキングデイモンの周囲で、細かく動き回った。そうすると相手も混乱してくるのか、乱雑な打撃を周囲にぶちかます。

それも回避して、ボクはちらりとキーンの方へと視線を投げた。

どうやら、ちょうど魔法の詠唱が終わったようだ。

「クレオ！」

「分かった！」

互いに声をかけ合う。

そして、こっちの離脱と同時にキーンが杖(つえ)を大きく振りかざした。

「燃え尽きろ——【エンシェントフレイム】‼」

それは、炎系最強の魔法。

古代の炎を呼び起こし、敵を焼き殺す魔法。

王宮魔法使いになれるはずだ、と——そう自称するに相応しい攻撃だった。魔法使いの格としては、間違いなくキーンの方が上だろう。

リリアナには、少しだけ及ばないかもしれないけど……。

「ふっふっふ、どうだクレオ！　私の大魔法は！」

「うん、凄いよキーン！」

「はっはっは‼」

ボクが持ち上げると、彼は嬉しそうに背を反らしながら笑った。

得意げな仲間の様子を見て、どこかおかしくなる。

自然と笑みがこぼれてしまった。

「さて、これでクエストは終了だ。以降クレオは私の指示に従うように――」

キーンがなにかを言おうとした――その時だ。

ズゥウウウウウウウウウウウウウウウウン！

なにか、大きな地響きが聞こえたのは。

「いまの、いったい――」

ボクたちは音のした方を見る。

すると、薄暗い闇の中から現れたのは……。

「おい、マジかよ……⁉」

キーンが声を震わせた。

なぜなら姿を現した魔物、それはある意味で絶望的なものだったから。

「レライエ……！」

それは、スケルトン族の王。

魔法に完全な耐性を持つ、相性最悪な敵だった。

◆

——レライエ。

スケルトン族の中でも異端とされる、強力な種族だった。

本来は弱点である魔法攻撃に対して完全なる耐性を持ち、通用するのは物理攻撃のみ。しかしながら背中にある大きな翼で宙を舞い、手に携えた巨大な弓で矢を放ってくる。すなわち接近することすら困難であり、一流の剣士でさえ逃げ出すとされていた。

「に、逃げるぞクレオ⁉　こんなところで、死んでたまるか‼」

キーンはそれを目の当たりにした瞬間、完全に腰が引けていた。

この様子ではどうやら、周囲の気配に気付いていない。

「それは無理だよ。ボクらは逃げられない」

「どうしてだ⁉　そんな――」

「囲まれてる……」

「え⁉」

ボクは慌てるキーンに、静かな口調でそう伝えた。

そう。そうなのだ。ボクとキーンはすでに、レライエに退路を塞がれていた。その数はおそらく十体余り。冗談でも、タチの悪い類だった。

つまりボクらが生き残るには、このレライエを討伐するしかない、ということ。

そして、それが可能だとすれば……。

「な、なぁ……クレオ？　お前、もしかして……」

「キーンは動かないでね。せめて、矢が当たらないように防御魔法を使ってて」

そう、ボクが戦うしかなかった。

剣を再び引き抜いて、正面に構える。深呼吸をして、周囲の動きを確認した。出来るかどうかじゃないんだ、やるしかない。

2位程度の剣術がどこまで通じるか、それは分からないけれども。

それでも、ボクが戦わないとキーンも、仲間も死んでしまうのだから……！

「お、おい！　クレ――」

「大丈夫。これでも、剣術の腕は世界最高剣士――アルナの次だったんだから！」

ボクは、そう自分を鼓舞するように言って駆け出す。

背中にはキーンの声を受けて。

◆

「う、そだろ……⁉」

キーンは必死に防御魔法を展開しながら、自身の目を疑っていた。

言うまでもなく目の前で戦う少年――クレオの姿を見て、である。彼はレライエの放つ矢を叩き落としながら、肉薄し、その剝き出しの骨を断った。

繰り返すこと五度。

すでに、スケルトンの王たるレライエの数は半数となっていた。

「魔法だけじゃ、なかったのか……⁉」

それは驚愕（きょうがく）、畏怖、そして敬意だった。

キーンの中に生まれた感情は、その三つがない交ぜになったもの。

クレオを仲間に引き入れ、自分が優れた魔法使いであることを誇示しようとした、その行い自体を恥じるほどだった。自分はなんと卑小（ひしょう）な存在なのか、と。

自分は冒険者として、この少年の足元にも及んでいない。仮に魔法の腕は勝っていたとしても、それ以外が別格だった。クレオは自分よりも格上の存在だ、と。

エルフの青年は、短時間でその事実を痛感させられた。

「最後の、一体……！」

見る見るうちに、レライエは魔素へと還っていく。

気付けば、最後の一体に。

「はああああああああああああああああああああああああああああっ‼」

少年は声を張り上げて、剣を大きく振りかぶって跳躍した。

宙を舞うレライエ目がけて、迷いなく得物を叩きつける。そして——。

断末魔。

悪魔の悲鳴が、ダンジョン内にこだました。
それが、終わりの合図だった。
絶体絶命と思われた状況の終焉だった。
少年は剣を仕舞いながら、何てことないように振り返って言う。

「キーン、怪我はない？」――と。

キーンは何も返せなかった。
だが、心に誓うのだ。

自分はこの少年に命を救われた。
だからこの人に、心からの感謝と共に、忠誠を――と。

◆

「それで、ダン・ファーシード公爵。なにか弁明は？」

「いや、ですね。リリアナ様――私は公爵家の取り決めに従っただけで……」

――一方その頃。

ファーシード家では、ちょっとした事件が発生していた。

現在、当主であるダン・ファーシードは、一人の少女に詰問されて視線を泳がせている。というのもこの少女の正体、実は王都ガリアの王女であった。

その名もリリアナ・ガリア・アリテンシア。

桃色の短い髪に、金色の瞳をした美少女。少しばかり小柄で子供っぽいところが、また愛らしく思える彼女であるが、怒りに目を吊り上げる今の姿は鬼の如く。

リリアナは、煮え切らない様子のダンに怒りをぶちまけた。

「この痴れ者！　クレオを勘当するとは、何事ですか⁉」

その内容というのも、彼が息子であるクレオ・ファーシードを勘当したこと。そして、王都から彼のことを追い出したという事実についてだった。

王家と公爵家という間柄、同い年ということもあって王女とクレオは仲が良かったのだ。そんな彼が自分の知らないところで、そんな目に遭っていれば怒って然るべきというところ。しかしながら、彼女にはそれ以外にも思うところがあるらしく、強く爪を噛んでいた。

「いいですか！　すぐに、クレオがどこへ行ったのか捜索しなさい！　もし、それが出来なければ公爵家は――」

そして、感情のままにこう告げる。

「取り潰しです‼」

ダン・ファーシードはそれを聞いて青ざめ、大きくうな垂れるのであった。

◆

リリアナは城に戻って、そのまま自室に閉じこもった。

そしてベッドに突っ伏してしまう。

「はぁ……。本当に、誰も分かっていません」

少女はぼそり、そう呟いた。

大きな落胆が彼女の中に、渦巻いている。どうして、他の者はクレオのことを認めようとしないのか、と。たしかに魔法学において、クレオは2位であり、リリアナが首席を獲得していた。王女でありながら王宮魔法使いとしての地位も与えられている。

そんな少女からしても、クレオという少年は別格だった。

なぜなら彼は――。

「まぁ、しばらく待つとしましょう。ですが、忘れたとは言わせません」

リリアナはおもむろにベッドに腰かけながら、そう言った。

窓の外を見て息をつく。昔を思い出しているようであり、同時に瞳には、明らかな対抗心を燃やしていた。

「あの日の約束、守ってもらいますからね。――クレオ」

王女の言葉を聞いた者はいない。

しかし、聞いたところで意味など分からなかっただろう。

それは彼女とクレオだけの秘密であり、重要な約束事だったのだから。

第1章　世界最高の剣士を目指す者。

「クレオさん、今日はどんなクエストを受けますか？」

「思ったんだけど、態度変わり過ぎじゃない？　キーン」

――レライエ戦から数日。

なにやら、あの日以来キーンの態度が大きく変わっていた。

言葉遣いは丁寧になったし、朝の挨拶も非常に礼儀正しくなっている。こそばゆいのでやめてほしいと言っても、エルフの青年は首を横に振った。

『これは、エルフの誓いです。大恩ある方には忠誠を尽くし、恩に報いるまでお仕えするという――エルフの魂に刻まれた誓い故なのです』

そんなことを言うのだから困ったもの。

たしかにレライエとの一戦では、ボクがキーンを守った形になったかもしれない。でも同じパーティーの一員として、立場は対等のはずだった。

なので、堅苦しい関係ではなく、もっと柔軟になってほしい。

そう思うのだが、解決できないまま数日が経過していた。

「……まぁ、いっか。そのうち慣れるよね」

ボクはため息を一つ。

こうなっては仕方ないだろう、ということにした。

そんなわけで、今日も一日頑張ろうと思いつつ、ギルドへと足を踏み入れる。そして掲示板に張り出されている情報を確認していた。その時だった。

「だから、我はクレオという少年を探しているのだ！」

「ふえ……？」

不意に、自分の名前が呼ばれて変な声が出たのは。

中性的な声がした方を見れば、そこにいたのは細身の剣士が一人。仁王立ちして受付のオバサンに詰め寄っていた。オバサンの方は困ったように苦笑い。

紅い髪をした軽装の剣士は、再び声を荒らげた。

「だから、我はクレオを探しているのだ！　このギルドで一番の剣士だと、そう噂を耳にしたのでな！　ぜひとも決闘を申し込みたい‼」

細身な身体に反して、声がでかい。

とにかくでかい。

でも、それ以上にボクは首を傾げてしまうのだった。

──誰が、ギルドで一番の剣士だ、って？

「あの～……？」

「む、どうしたのだ！　そこの少年!!」

ボクは、おそるおそる剣士に声をかけた。

中性的なその顔立ちに、金色の眼差しはとても鋭かった。先ほどなにか不穏な言葉が出た気がするが、それに似つかわしい攻撃的な容姿。

背丈はボクと大差ないだろうか。

身に着けるのは胸部以外、肌を露出した革の鎧だった。

腰元には細身の剣を差しており、どこかで見た紋章が刻まれている。

「その、クレオ……さんが、一番の剣士だって噂はどこから？」

ボクは自分だということがバレないよう、注意してそう訊いた。

すると剣士は腕を組んでから、ハッと何かに気付いたように指差す。その先にいたのは、我がパーティーメンバー、キーンの姿。

「あそこの青年から、だな」

「…………」

──おい待て、キーン。

ボクはさすがに、内心でそうツッコミを入れた。

まさか、そんな話をギルドで言い触らしていたのではないだろうな、と。視線で訴えかけると、彼は目を逸らして口笛を吹き始めた。

間違いない。

犯人はあのエルフだった。

「はぁ……」

ボクはため息を一つ。

赤髪の剣士に向き直った。すると、ボクを見て――。

「あぁ、そういえば自己紹介がまだだったな。我が名はエリオ・リーディン」

手を差し出しながら、こう言った。

「世界一の剣士を目指している者だ」――と。

◆

「あのね、キーン？　ボクは別に剣術が一番得意ってわけじゃないんだよ。そりゃ、人並み以上に

はできるかもしれないけど、悪目立ちはしたくないんだ」

「す、すみません……」

ダンジョンを探索しながら、ボクはエルフの青年に淡々と説教をする。

腕に覚えがないわけではないけれど、キーンの触れ回った噂は少しばかり行き過ぎていた。このギルド一番だなんて、そんなわけがないのだから。

現に王都の騎士団には世界最強の剣士と呼び声高い、アルナという壁がある。彼とはクラスこそ違うが同学年であり、天賦の才と呼ばれる彼の剣技には、学園在学中に幾度となく弾き返されたのだ。

そんなアルナは、卒業後まもなく騎士団の副団長に任命されている。

2番手だったボクは完全に陰になり、見向きもされなかった。

「とりあえず、次からは気を付けてね？　勘違いされたくはないんだ」

ボクはそこまで考えてから、自分が情けなくなってそう話を終える。もう昔の話で、いまは冒険者として好き勝手に生きると決めたのだから、忘れてしまおう。

飛びかかってきたリトルデイモンを無詠唱魔法で撃退しつつ、先を急ぐことにした。そうして歩くこと小一時間。

「おや？　——キミは、今朝の少年ではないか」

「あぁ、エリオさん。一人でダンジョン探索ですか？」

思わぬ人物に遭遇した。

それは、先ほどギルドでボクを探していた軽装の剣士——エリオさん。その綺麗な顔に微笑みを浮かべると、こちらに歩み寄ってきた。

「少しばかり肩慣らしだ。クレオと相対する前に、準備を怠るわけにはいかない」

「あ、あはは——……。そうですか……」

肩を鳴らすエリオさんに、思わず苦笑い。

まだ諦めてなかったらしい。そのことに冷や汗を流しつつ、ボクは頬を掻いた。

「ところで、キミの名前を聞いてなかったな……」

「え、あ……！　ボクはダンって言います！」

「なるほど、ダンくんか」

「は、ははは……」

思わず父親の名前で誤魔化してしまった。

だが構わないだろう。ここで、誰かがヘマをしない限りは——。

「あ、どこに行ったかと思えば！　クレオさ——」

「わーっ⁉　わーっ‼」

――キーン、ここでやらかすのか、キーンっ!?

ボクは遅れてやってきた彼の言葉を遮るようにして、思いっきり声を上げた。そんなボクの様子に気付いたらしいエルフは、ハッとして口を塞ぐ。

肩で息をしながら、エリオさんの方を見た。

「む……？　いま、知った名前が出たような――」

「気のせいです！　絶対、気のせいです!!」

すると、顎に手を当てて考え込むように言う。

どうやら幸いなことに、ボクの本名は聞かれていなかったらしい。そのことに、ホッと胸を撫で下ろした。

好き勝手に生きると決めたのだから、せめて平穏無事にやらせてほしかった。バレて決闘とか、面倒くさいことこの上ない。

「ふむ、気のせいか。ところでクレオくん？　一つ良いかな」

「はい、なんでしょう――――あ」

「…………」

「…………」

と、気を抜いた瞬間。

何気なく発せられたエリオさんの一言に、普通に返事をしてしまった。互いに顔を見合わせるボクとその人との間に、沈黙が降りてくる。

これはもう、言い訳のしようがなかった。

とりあえず苦笑い。

「ふむ、ではクレオくん。改めて――決闘、受けてくれるか？」

満面の笑みを浮かべる、エリオさん。

どうやら、もうこれ以上の言い逃れをすることは出来ないようだった。

「分かりました。でも、条件があります」

なので、ボクはこう提案する。

「こっちが勝ったら、一つ言うことを聞いて下さいね？」

エリオさんは頷き（うなず）ながらも、不思議そうな表情を浮かべた。

◆

「すみません、クレオさん……」

「いや、いいよ。ここまできたら、決闘は避けられないんだから」

翌日――ボクは、ギルドで剣の手入れをしながらキーンと話していた。

相当に反省したらしい彼は、何度も頭を下げている。しかしながら、それはもうどうでも良いことだった。ボクには一点だけ気になることがあるのだ。

それを確かめたくて、エリオさんとの決闘を受けた。

一番は戦わずに確かめることだったのだけど。

「ねぇ、キーンは――リーディン家って、知ってる？」

「リーディン家、ですか？」

作業の最中に、ふとボクはキーンに問いを投げる。

するとエルフの青年は、首を傾げながら考え込んだ。そして数秒後に、左右に振る。

「すみません。私はそういった家系に詳しくなく……」

「ううん、それは仕方ないよ。だってリーディン家はもう、取り潰しになってるんだから。知らなくて当然なんだ」

「取り潰し、ですか……？」

「そそ、取り潰し」

ボクは剣を仕舞って言った。

「数年前のことなんだけどね？　――騎士の家系だったリーディン家。元々小さなところだったけど、ある時にね、とある一族と対立があったんだ」

少しだけ目を細めて。

ここから先は、あまり語られない悲しい現実だった。

「名門――世界最強との呼び声高い、クレファス家。そこと小さな諍いがあってね、最後は決闘をすることになった。その時に戦ったのが……」

「もしかして、エリオさん、ということですか？」

「互いに、次世代の代表を出す、という条件だったらしいからね」

これは、ボクが貴族だったから知っている情報だ。

リーディン家とクレファス家――両家の対立の歴史と、結末を。果たしてリーディン家はクレファス家に敗れ、取り潰しが決まった。

エリオという名前に聞き覚えはないが、家名からして間違いない。

あの人が世界最高の剣士を目指す理由はきっと、そこにあるのだった。

「それをどうして、クレオさんが気にしてるんですか？」

「ん、えっと。そうだね……」

一通り話し終えると、キーンが不思議そうに訊いてくる。

ボクは不味いなと思いながら、こうはぐらかした。

「ちょっとだけ、知り合いが関係してる話だから、かな……？」

そう言うと、その知り合いがどこかでクシャミをしたような気がした。

想像して思わず苦笑い。ボクは立ち上がって、キーンに向かって言うのだ。

「それじゃ、行こうか！　――エリオさんの旅を終わらせてあげよう！」

それは一つの悲しみに終止符を打つための、決意の言葉だった。

◆

決闘が行われるのはギルドの前だ。

多くの民衆が押しかけており、一部ではお祭り騒ぎになっている。聞きかじったところによると、ギルドでの揉め事はこうやって決着をつける、というのが通例らしかった。手荒だな、という感想を抱くのはボクが元々、貴族だったからなのかもしれない。

「逃げずにきてくれたこと、感謝するよ。――クレオくん」

「当然ですよ、エリオさん」

ギルドの前にある円形の広場。

そこに出ると、すでにエリオさんは臨戦態勢に入っていた。剣を抜き放ち、日差しにかざして輝きに目を細めている。

ボクはそんな相手に対して、一つ礼をしてから正面に立つ。

すると、細身の剣士はこう言った。

「ふむ。どうやら、作法を知っているところから見るに、キミも元貴族だった、というところかな？　クレオ――名前は聞いたことはないが……」

「ははは、それはお互いに。勝ったら分かることですよ」

「なるほど、な。どうやらキミにも理由というものがあるらしい！」

正面に剣を構え、ニヤリと笑うエリオさん。

綺麗な中性的な顔立ちに、その笑みは映えていた。

ボクは呼応するようにして剣を抜き放ち、構える。仲立ち人であるギルド職員が、互いに準備良し、と判断して宣言した。

「それでは、これより決闘を開始する！　ルールは魔法以外ならば何でもアリ！　――それでは、始め!!」

そうして、戦いの火蓋は切って落とされる。

最高の剣士を目指す相手との、一騎打ちが始まった。

◆

剣技による実力は伯仲、といったところだった。

あちらが打てば、こちらはそれを防いで反撃をする。剣の速度は互いにだんだんと上がって、なかなかにハイレベルな戦いになっていた。しかし、ボクはより速く、強い剣を知っている。

「ずいぶんと余裕がありそうじゃないか、クレオくん」

「いえ、これでも必死ですよ……？」

鍔迫(つばぜ)り合いの中。

互いに息がかかりそうな距離で、ボクたちは言葉を交わした。エリオさんもきっと、同じことを感じているのだろう、と思った。

この人もまた『彼の剣』を知っている。

どうしても越えられなかった壁——それにぶつかった者同士。ボクはエリオという人物に、ある種の共感を抱いていた。

「エリオさんの剣技は、とても綺麗です。流れるように柔らかい。しかしそれでいて、決して折れない意思を感じられます」

「それは、ありがたい。我はずいぶんと褒められたことがなかったからな」

「でも、綺麗すぎるんですよ」

「なに……？」

だからこそ、分かる。

これは型にハマりすぎた剣技、だということを。

芸術的であり強い、しかしながら戦いという分野において、それは稀に余分な要素となり得た。

つまりはそこに、弱点がある。

「つまり、がら空きなんですよ！」

「が、は……っ⁉」

ボクは僅かに空いた隙間から、エリオさんの腹部に蹴りを喰らわせた。

たしかに綺麗な剣技はそれだけで価値がある。しかし、戦いにおいては勝利した者にこそ価値があった。ボクはそれを知っている。

『アルナ』――かつて越えられなかった相手との戦いの中で、いかにすれば勝利することが出来るのかということを。

すなわち、剣術に体術を組み合わせること――！

「く、そ……！」

エリオさんは苦悶の表情を浮かべながら、最小限の動きで剣を振りかぶる。

しかし、そこにもどうしようもなく隙が生まれるのだ。ボクは相手の懐に潜り込んで、今度は肘を捻じ込む。すると骨が軋む感触が伝わってきた。

ここまでくればもう、戦いの趨勢は決している。

ボクは最後に、自身の剣を振るってエリオさんの得物を弾き飛ばした。

「これで、決着――ですね？」

歓声が沸き起こる。

膝をついたエリオさんは、唖然としてこちらを見上げていた。

◆

「今日こそ、雌雄を決する時だ――アルナ・クレファス！」

数年前――騎士団訓練場にて。

その日、二つの家の命運をかけた戦いが始まろうとしていた。小さな諍いに端を発した決闘。それは、その家の将来を決するほどの意味を背負っていた。

一つは弱小貴族のリーディン家。

もう一つは名門貴族のクレファス家。

互いをライバル視してきた両家は、ついに最後の戦いを迎えた。

次代の当主による一騎打ち。これは、リーディン家から出された条件だった。当時の王都立学園において、剣術で1位の成績を修めていたエリオ・リーディン。その人ならば、必ずやこの決闘を制するだろうと踏んだからだった。

「キーキーうるせぇんだよ、エリオ。そんなに目くじら立ててんなっての」

対するは神童との呼び声高い、クレファス家の長男――アルナ。

だらしなく伸ばした黒髪に、やる気の感じられない眼つきと態度。エリオは正直に言って、彼のことが嫌いで仕方なかった。

剣に取り組む姿勢も、なにもかもが。

だから、条件が通った時には天恵を得たとも思った。

「両者、前へ！」

ようやく、むかつく顔に泥を塗ることが出来る。

この時のエリオには、そんな邪な気持ちが満ちていたのだろう。

「────始めっ！」

そのためかもしれない。

エリオ・リーディン────『彼女』が、決定的な敗北を喫したのは。

◆

そして、敗北したリーディン家は没落した。

一族はその場に住まうことを是とせず、王都を遠く離れた街に身を寄せる。エリオはその中で一人、みすぼらしい衣服を与えられていた。だが他のリーディン家の者たちは、どこから調達したのか分からない、贅沢(ぜいたく)な食事や衣服で生活を彩っている。

「…………」

エリオが住まうのは、母屋から離れた蔵のような場所だった。

冬も近づいているというのに、身体を温めるのは頼りない布一枚だけ。ほとんど肌着に近い格好で布に包まり、少女は歯を鳴らしていた。

心が死んでいく。

間違いなく、これは彼女に与えられた報いなのだろう。

「でも、どうしてアタシだけ……！」

それでも彼女の胸の中には憤りもあった。

どうして自分だけが、このような目に遭っているのだろうか、と。

たしかに一族が没落した原因――トドメとなったのは、自分の敗北だった。だがしかし、その敗北以前にも予兆はあったはず。

だというのに、どうして自分だけがこんな目に遭わなくてはいけないのか。

「おかしい、すべてが……！」

不満が、胸の中に渦巻いた。

その時だった。

立ち上がろうとした彼女に、そう声をかける人物があったのは。

「エリオよ。貴様よもや、よからぬことを企てているわけではあるまいな？」

「…………お父様」

その人物というのは、エリオの父――クラディオ・リーディン。

暗がりのために顔は分からないが、声からして間違いない。彼はゆっくりと少女に近づきながら言った。

「すべての責任は、貴様にある」

迷いのない声で。

責任のすべてはエリオにあるのだ、と。

少女はそれを聞いた瞬間に、勢いよく立ち上がった。

「それは……！　一端は、そうかもしれない。でも――」

――このような仕打ちはあんまりだ、と。

そう、訴えようとした。

そんな娘に対して、クラディオはどこか侮蔑するように告げる。

「この状況になってもまだ、理解せぬか」

「え……？」

実の子に向けられたものとは思えない鋭利な言葉に、エリオは怯(ひる)んでしまう。そんな彼女に、冷笑を浮かべながらクラディオは続けるのだった。

「貴様が敗北したことによって、リーディン家は取り潰しとなった。千年に亘る歴史に終止符を打つこととなった。その意味が、その重みが、十年程度生きた小娘に理解できるのか！」

「きゃ……っ⁉」

エリオの頬に、鈍い痛みが広がる。

どうやら殴られたらしい。それだけしか、分からなかった。

倒れこむエリオ。そんな娘を足蹴にしながら、クラディオは唾を飛ばして言う。

「貴様の敗北で、すべての者の名誉が奪われた。誇りも、尊厳も、地位も、何もかもだ！　路頭に迷った末に自死を選んだ者もいる。その意味が分かるのか!!」

「がはっ!?」

鳩尾（みぞおち）への蹴りに、うずくまる少女。

乾いた声と共に涙が溢（あふ）れ出す。数日なにも食べていない彼女にとって、体格で勝る大人からの攻撃は、耐え難い苦しみだった。加えて、クラディオは罵詈（ばり）雑言（ぞうごん）を浴びせ続ける。

――お前が悪いのだ、と。

一族が途絶えた、その責任のすべてはエリオにある、と。

――そのはずはない、と。

そう思うエリオの心を、暴力と暴言で砕いていった。

「貴様を育てたのは誰だと思っている。他でもない私だぞ。剣術もなにもかも、貴様に教え込んだのは私に他ならない。子ならば、親の言いつけ通りに動いたらどうなのだ!!」

「…………っ！」

その瞬間、ほんの少しだけ、エリオとクラディオの目が合う。

すると父親は何を思ったのか、ぼそりと口にした。

「なんだ、その反抗的な目は――――！」

「ち、違います……！」

激高するクラディオ。

そんな父親に、必死に勘違いであることを訴える娘。

冷え切った空気の中には、次第に打撃音とエリオのすすり泣く声だけが響くようになった。冬も近くなった冷えこみの中で、身を裂くような痛みもまた、彼女を襲う。

しかし、それも不意に終わりを迎えた。

「あぁ、そうだ――」

ピタリと、動きを止めて。

クラディオは咳き込む娘を見下ろしながら、言った。

「分からないというのなら、貴様にも一つ現実を見せてやろう」

笑い声が響く。

その言葉の意味を、その時のエリオには知る由もなかった。

◆

翌日のことだった。

「えっと、今日から給仕として働くことになりました！　セナです！」

「給、仕……？」

　エリオの住まう蔵に、一人の少女が訪れたのは。

　薄明かりに見えたのは、猫耳を生やした獣人の姿だった。俗にヴァーナと呼ばれる存在であり、リーディン家が身を寄せたこの街では、人間と共存して生活しているらしい。

　しかしそれ以上に気になったのは、今さら何故、自分に給仕がついたのかということ。

　エリオは重たい頭を持ち上げながら、セナと名乗った少女を観察する。

「………可愛らしいな」

　栗色(くりいろ)の髪に、紺碧(こんぺき)の瞳。

　やや垢抜(あかぬ)けない印象はあったが、それでも磨けば光るだろうと思われた。身に着けた割烹着(かっぽうぎ)という衣服が、小柄な彼女にはどことなく似合っている。

　無邪気な笑みを浮かべるセナの姿に、エリオも自然と頬をほころばせていた。

「エリオさま、ですよね？　よろしくお願いいたします！」

「あ、あぁ。よろしく……」

　給仕をあてがわれた理由など、どうでもよく思えてくる。そんなセナの笑顔に、エリオの心は洗われていくようだった。

そして――。

「エリオさま、お綺麗なのにもったいないですよ？」

かれこれ一年近く、父親以外の声を聞いていなかったためだろうか。

数日でセナは、エリオの心の隙間に入り込んできた。少女は自身の仕える主に対して、まるで友達のような口調で語りかける。

しかし、エリオは決して不快そうな表情を浮かべない。

むしろ恥じらうような、どこか愛嬌（あいきょう）のある表情でセナに答えるのだった。

「いいや、アタシは着飾ることに詳しくなくて。物心ついたころには、すでに剣を握っていたくらいだし……」

「むぅ……！　ダメですよ！」

エリオの髪をとかしながら、セナは膨れっ面になって言う。

「エリオさまも、女の子なのですから。こうやって、少しくらいは気を遣わないと！」

「あ！　何をする、セナ！」

抵抗するような言葉を口にしながら、その実は抵抗せず。

エリオはセナにされるがまま。ようやく解放されたと思えば、少女から渡されたのは一枚の手鏡だった。すると、そこに映ったのは――。

「こ、これは……」

綺麗に赤の髪を結われた、女の子の姿だった。

顔についていた砂埃（すなぼこり）もしっかりと取り払われており、綺麗な肌が見えている。髪型を少し変えただけではあったが、エリオにとっては見たことのない自分だ。

それを見てボンヤリしている彼女に、セナは後ろから抱きついてにっこりと笑う。

「ね？　やっぱり、エリオさまは美人さんですよ！」

本心からなのだろう。

まっすぐな言葉は、エリオの胸に突き刺さった。

今まで、生きてきて誰かに褒められたことのなかった彼女は、赤面してしまう。口を真一文字に結んで、瞳を潤ませるのだった。

「そ、その……」

こういった時に、なんと答えればいいのか分からないエリオ。

そんな彼女をセナは後ろからそっと抱きしめ、まるで年下の子をあやすように言う。

「ありがとう、って。それだけで、良いんですよ」

「セナ……？」

セナの口ぶりに、どこか違和感を覚えたエリオは首だけで振り返った。

すると、獣人の少女は苦笑いを浮かべる。

「あ、あはは！　すみません。里に残してきた妹を思い出してしまって！」

次いで申し訳なさそうに、そう続けた。

彼女の口から、自身の家族に言及されるのは初めて。エリオはそのことに少なからず興味を持って訊ねた。

「妹さんは、なんて名前だ？」

「え……？」

「セナが自分の話をするなんて、珍しいからな。もしよかったら、教えてほしい」

いつの間にか、親しくなっていたヴァーナの少女。

そんな彼女のことをもう少し知りたい。エリオは自然とそう考えた。

セナは逡巡した後に、意を決したようにこう口にする。

「リナ、です……」

「そうか。リナ、か……」

その響きを互いに確かめ合うように繰り返す。

まだ出会って数日しかたっていないものの、これでより一層に心の距離が近づいた。そのように思われた。だから、エリオは普段あまり口にしない冗談を言う。

「なら、リナもアタシの妹のような存在だな」

「え、それってどういう意味ですか？」

しかしながら、セナは首を傾げてしまった。

「あー……」

その反応に、エリオは顔を赤らめて頬を掻く。

そして、こう言うのだ。

「セナはアタシの妹みたいだから、という……」

心の底から、恥ずかしそうに。

それでも本心からだと、嬉しそうな横顔から感じられた。

「エリオさま……」

そんな主の口振り、表情に、セナは少しだけ唖然としてから——。

「あはは！　私に髪を結ってもらっているうちは、私がお姉さんですよ？」

嬉しそうに茶化すように、そう返すのだった。

また、ある日のこと。

「外に出るなんて、本当に久しぶりだな……」

「毎日、あんな蔵の中で過ごしていては気が滅入ってしまいますからね！」

エリオとセナは、リーディン家から抜け出して街を歩いていた。

発端はセナからの提案だ。今の言葉にもあるように、エリオの暮らしている蔵は、お世辞にも人が住むような環境ではない。監禁に近い扱いを受けている彼女に、元気になってほしい一心で、クラディオに嘆願したのだ。

するると思いの外、簡単に許可が下りた。

もっとも、お目付け役としてセナの同行が命じられたが。むしろ二人にとっては、願ったり叶ったり、というやつだった。

そんなわけで、エリオとセナは街——アルカを歩く。

王都より遠く東にあるこの街は、独特の文化や風習が根付いている。人々が身にまとうのは、着物と呼ばれる、腰の帯で一枚の布を留めた衣服だった。

夏に差し掛かった今なら涼しいが、冬場はどうしているのだろう——というのは、エリオの率直な疑問だ。

さて、そんなアルカでは街並みも他とは異なっている。

独特の気候に関係しているのだろうか、建物の多くは木造だ。二階建てなどは見受けられず、どれも広い敷地の一階建てばかり。かく言うエリオの身を寄せている家もまた、同じくだった。

そんな慣れない街並みに目を向けていると、隣を歩くセナが笑いかけてくる。

「せっかくですし、着物を着てみませんか？」

「え、アタシが……？」

なにかの冗談だろうと、そう言いたげに答える。

しかしセナは本気だったのか、エリオの手を引いて呉服屋へと向かおうとした。

「そうですよ。ほら、行きましょう！」

「ま、待ってくれ！　さすがに、あのような煌びやかな服装は……！」

だがその誘いを必死に拒否するエリオに、セナは不満げに頬を膨らませる。少女のそんな反応を見て、エリオは困ったように頬を掻いた。

そして、逃げるようにして視線を泳がせて……。

「ん……？」

ふと、ある物に目を止めた。

それは行商人の露店に並んでいる商品だ。

「どうしたんですか？　エリオさま」

「あぁ、いや。これくらいなら、良いかもしれない、って」

二人はそちらへ向かって歩き、ある品を手に取った。

それは、この街独自の髪飾り――簪、というものだった。結った髪を留めるための品であるが、細やかな装飾は見ていて惚れ惚れしてしまう。

エリオが見ているのは、貝殻を宝石のようにあしらった一品。

決して他よりも高価な品ではない。しかしながら、その素朴さに心が惹かれていた。

「いいですね！　買っちゃいましょう！」

セナに見せると、即決されてしまった。

当たり前のように二つ購入すると、少女は片方をエリオに手渡す。そして、にっこりと笑って言うのだった。

「これで、お揃(そろ)いですね！」

――私とエリオさま、二人の絆(きずな)の証です、と。

エリオは、無邪気なセナの言葉に少しの間だけ口を開けたままだった。だがしかし、手渡された簪を見ていると、どこか嬉しい気持ちが沸き上がってくる。

そして日差しに照らされ、輝くその髪飾りを握って思うのだ。


――セナとの日々が、ずっと続けばいいのに。


こんな無邪気な時間のためなら、自分はどんな苦しみさえも耐えられる。

そう思ったのだ。

「エリオさま、どうされました？」

「ん、いや。なんでもない……」

少女にも思いを伝えようかと思ったが、それはこそばゆいので止めにする。

だがそのことを、エリオは後に深く後悔するのだった。

◆

終わりは唐突に訪れる。

「セナ、遅いな……。どうしたんだろう」

季節が秋に変わろうとしていた頃のことだった。

普段なら自分を起こしに来るセナが、時間になっても蔵に現れなかったのだ。それは二人が出会ってから一度もなかったこと。エリオの胸の中には、変な感覚が渦巻いた。

胸騒ぎ、とはまた少し違う。

寂しさ、といった方が正しいのだろうか。

「風邪でも引いたのか？」

そして、次に浮かんだのはそんな心配だった。

もしかしたら季節の変わり目で、熱でも出してしまったのかもしれない。それなら他の家臣に訊いてでも、見舞いに行かなければ。

そう考えて、エリオは初めて自分から蔵を出た。

すると、そこにあったのは——。

「…………⁉」

予想もしない光景だった。

「何者だ、貴様ら……！」

蔵を取り囲むようにしていたのは、黒装束の集団。

いうなれば、ある種の盗賊のような格好だ。各々に小型のナイフのような形をした、漆黒の剣を持っている。

不気味な一団に、エリオは尻込みした。

なぜなら自分は丸腰だ。しかも最近は、鍛錬も積んでいない。

そんな戦闘経験から離れた、鈍った現状では、十余人はいる賊の相手をするのは無理であった。

そうなってくると、自分が取るべき行動は——。

「く、抵抗はしない……」

これしかなかった。

両手を頭の後ろで組んで、膝を折る。

苦渋の選択だが、今はこれ以外に打つ手はなかった。

そうすると黒装束の集団はアイコンタクトを取り合ってから、彼女の身を拘束する。乱暴に扱われ、手首を縛られ、エリオは苦悶の表情を浮かべた。

そして、まるで物を扱うかのように連れていかれた先にいたのは——。

「みんな……！」

親類、および家臣や給仕の者たちだった。

中にはもちろん、セナの姿もある。エリオは彼女の無事に安心するが、声をかけることは許されなかった。今、身勝手な行動を取れば少女だけではない、すべての者に迷惑がかかる。

武装した集団が相手なのだ。

拘束した人々の命を刈り取ることなど、容易いだろう。

「そこに座れ」

「………」

言われるがまま、エリオは指定された位置に座った。

セナとは離れた位置。それでも互いの顔は見える。ちらりと視線をやると、少女もまたエリオを見つめていた。だが、その瞳に浮かんでいるのは恐怖以外の何物でもない。

当然だろう。

エリオでさえ困惑しているのだ。

一介の給仕に過ぎない彼女にとっては、想定外の出来事だろう。今にも泣きだしそうな表情が、セナの不安を物語っていた。

そんな中で、一人の親類がエリオに小声で話しかけてくる。

「おい、どうにかしろ」

「え……?」

彼女は耳を疑った。

この状況下において、どうにかしろ、とはどういうことか。

「それって、どういう――」

「我々がこんな目に遭っているのも、お前があの決闘で敗れたからだ！　お前さえ負けなければ、我々はこのような場所に来ることもなかった！　このように、賊に襲われることもなかったはずだ！　――いま、その責任を取れ！」

「そんな……!?」

訊き返そうとしたエリオに、食い気味に親類はそう口にした。

まさか、そんなはずがないだろう。そう思って、助けを求めるようにして他の者たちの顔を見た。するとそこにあったのは――。

「…………!?」

みな一様に、エリオに対して鋭い視線を向けていた。

その中に込められているのは、ハッキリとした一つの感情――憎悪。

まるで、この状況を引き起こしたのはすべて、彼女に責任があるといわんばかりに。大人たちはみな、年端もいかない少女に向かって、忌々しげな目を向けるのだ。

エリオは、かつて経験したことのない恐怖を感じた。

味方はいない。

この場に、彼女の味方となる者はいない。そのことは、武装した集団に包囲されている事実よりも、何倍も、何十倍も、少女の心を揺さぶった。さながら、いま自分がいる場所がなくなってしまうような、足場が消えてなくなるような感覚だろうか。

だが、そんなエリオにも救いはあった。

「どうして……！　みなさん、おかしい……！」

「セナ……？」

一人の少女――セナだけは、そのことに異を唱えた。

小さく震えていながらも、それでも彼女は訴える。

彼女だけはエリオの味方だった。全員から責められ、見捨てられようとも、セナだけはエリオの味方であろうと決めてくれたのだ。エリオは決して悪くはない、と。

「…………っ」

喉が震える。

獣人の少女一人の肯定で、心が救われた。

しかしそんなことを言えば、セナがどういった目に遭うのかは自明の理。

「部外者が……！　知ったようなことを言うな‼」

ついに堪え切れなくなったのか、一人の男がそう声を上げた。錯乱したように、彼はセナに向かって唾を飛ばす。

「こいつが、すべて悪いのだ！　こいつさえいなければ、我々が名誉や名声を失うことはなかった！　こんな辺鄙な、つまらない場所にくる必要もなかったのだ！　下民の娘が、知ったような口を叩くな！　恥を知れ‼」

その男に続けといわんばかりに、親類たちは揃って同調する。

まさしく、悪意の奔流だった。

「…………」

幼い少女が、その悪意を受け止める。

じっとしたまま目を閉じて、ほんの少しだけうつむいて。

鼻息荒い親類たちの声はやむことはなかったが、少女の周囲にだけは、どこか落ち着いた空気が流れていた。その時である。

「騒がしいぞ、貴様ら！」

黒装束の一人が、声を上げたのは。

それによって続々と、他の場所を偵察しに出ていた者たちも集う。明らかにいらだった様子で、彼らは漆黒のナイフを向けてきた。

慄く親類たちは、中でも一番の腕を持つエリオの背後に隠れるように群がる。口々に好き勝手なことを言いながら、自分では何もできない者たち。しかし、エリオはそれを責めることはできなかった。なぜなら、彼女もまた自身の責任を少なからず感じていたから……。

「いいか！　騒げば容赦なく、一人ずつ殺していく！」

「………」

引き攣った表情で身を震わせる者たちは、無言のままに頷く。

だが、賊の要求はそれだけではなかった。

「そして、この中から一人――人質を出してもらおうか！　何か変な動きをすれば、そいつを真っ先に殺す！」

要求に対して、再びざわめく周囲。

それと同時にこんな声が聞こえてきた。

「役立たずが、行けばいいのに」――と。

エリオは自分のことだと、すぐに察知した。

なるほど、決闘で負けて何もできない自分は『役立たず』に他ならない。そして、彼らからすれば憎悪の対象だった。これほどまでの適任は、彼女を除いていないだろう。

一連の考えを読み取ったエリオは、小さく息をついた。

ならば、仕方ないだろう、と……。

「それなら、アタシが——」

立候補をしようとした、その時だった。


「私が人質になります！」


一人の少女が、そう言って立ち上がったのは。

「え……？」

驚き目を向けると、そこに立っていたのは——やはり、セナだった。

彼女は力強い視線を賊に向けながら、大きく息を吸う。きっと、内心では緊張をしているのだろう。後ろ手に拘束された手は、小刻みに震えていた。

——だったら、なぜ。

エリオは思わず声を上げかけ、少女の視線が自分に向いていることに気づいた。

「セ、ナ……」

名前を口にすると、彼女は悲しそうに笑う。

そして、こう口にするのだった。

「この中で一番の役立たず、私ですから。それに、信じています……！」

「信じて、る……？」

エリオの心臓の鼓動が速くなる。

呼吸が乱れ、瞬きが多くなっていった。

「はい、信じています」

この状況に明らかな動揺をしている彼女に、少女は明るく告げるのだ。

「きっと、エリオさまが助けに来てくれるって！　――私は、信じていますから！」

泣き出しそうな、そんな見たくもない顔をして。

セナは乱暴に連れていかれてしまった。エリオは見ていることしかできず、ただ唖然として口を開いたまま。こみ上げてくる涙を、流してしまいそうになった。

だが、その瞬間に信じられない言葉が聞こえてきた。

「おい、今のうちに逃げるぞ……！」

「――――!?」

それは、親類の男の一言。

つまりはセナを犠牲にして、自分たちだけが助かろうという提案。

そのような話があってたまるか。エリオは即座に反対をしようとした。だがそれを遮るようにして、次々に賛同の声が上がっていく。

その瞬間に理解した。

「あぁ……」

自分とセナの命は、その程度のモノなのだ、と。

所詮は捨て駒に過ぎず、人形に過ぎず、決闘のために用意された道具に過ぎなかった。そしてセナという少女もまた彼らにとって、その人形を手入れする道具なのだ。だから、いの一番に切り離される。犠牲といえばまだ良い方だ。——要するに、代わりの利く物なのだ。

「だったら、もう……」

——犠牲になるのなら、いっそのこと。

エリオはすっと、音もなく立ち上がった。親類たちが、勝手なことをするなと、声を荒らげるのを無視し、セナの消えていった方へと歩みを進める。そして、ちょうど死角になっていた曲がり角から現れた賊に蹴りを見舞った。

声もなく倒れ伏す賊。

その賊の懐からナイフを取り出し、器用に手の拘束を外した。

「逃げたいなら、今のうちに逃げるといい」

冷淡な口調で、エリオは親類たちに告げる。

手首の感覚を確かめながら。せめて剣に似たものをと、賊の腰にあったカタナというものを奪い取った。勝手は違うがこれなら、まだ戦えるだろう。

親類たちの声を振り払うようにして、エリオは駆けだすのだった。

たった一人、自分のことを理解してくれていた少女のもとへ。

死ぬのなら、あの子と一緒がいい。

「セナ……！」

だから、すべてを投げ捨ててエリオは走る。

躍りかかる賊を退けながら、傷つきながら、それでも走った。

そして、ふとした拍子のことである。彼女の目に飛び込んできたのは、ひときわ大きな体格をした男に、組み伏せられるセナの姿だった。

状況から見て間違いないだろう。

あの男が――主犯格。

「セナを……！」

そう確信した時にはもう、エリオは駆けだしていた。

一瞬の出来事。

そこからは、時間が弛緩したように思われた。

それでも、動きは止まらない。にたりと笑った賊の長が、セナを盾にした。止まらない、もう止まれない。エリオは勢いのままに、その刃をまっすぐに――。

「エリオさま。助けに来てくださって、ありがとうございます……」

「セナ……？」

束の間の会話だった。

「私は、エリオさまと出会えてよかったと思います」

「セナ、それは……？」

口の端から血を流して、少女は柔らかく微笑んだ。

そして、こう訊ねるのだ。


「——あぁ。エリオさまの心に、私は少しでも残れたのでしょうか？」


それが、最後の言葉。

エリオの腕の中で、少女は息を引き取った。

「セナ……？　そん、な……！」

信じたくはなかった。

それでも動かなくなったセナの身体からは、熱が消えていく。

「あ、あああぁっぁぁぁぁぁぁぁぁぁっぁぁぁあっぁぁぁぁぁぁ!?」

——絶叫。

その瞬間から、幾ばくかの時間。

エリオには何が起きたのか、記憶はなかった。

◆

気づけば、一面が血の海だった。

それらは賊の者たちのものであり、返り血を浴びたエリオは中心で立ち尽くす。虚ろな眼差しで一つの方向を見つめる。そこにあったのは、セナの亡骸だった。

もう、微笑みかけてくれることはない。もう、語りかけてくれることはない。

そんな少女の前で膝を折り、エリオはただただだような垂れた。

雨が降っていた。冷たい、雨が。

「すべては、あの決闘に敗れた時から始まったのだ」

「…………お父様？」

そんな彼女に、声をかける人物があった。

傘を差し、顔を隠したクラディオ。彼は静かに、こう告げるのだった。

「貴様――エリオが決闘に敗れることがなければ、この少女は死することもなかっただろう」

返す言葉は見つからない。

事実であるように、思えてしまったから。

「いいか。この汚名を雪ぐには、復讐を果たすしかないぞ」

「復讐……？」

ぽっかりと空いた胸の中に、父の言葉が落ちてくる。

復讐――それを果たしたところで、セナは帰ってはこない。それどころか、八つ当たりに他ならない。そのことは、頭で理解できた。

しかし、あまりの空虚がその言葉を拠り所にしようとしていた。

そう、エリオは目の前のことから目を背けたのだ。

「アタシは、アルナに復讐を――」

少なくとも、そうすれば。

目の前の少女の死という悲しみから、逃げることができたから。

「ならば、さらなる研鑽を積むがいい。私は貴様を信じているぞ」

「はい、お父様……！」


――自分は間違っている。

そのことから目を背けてエリオは、剣術の鍛錬に没頭した。

それはもしかしたら、復讐を目的としたものではなく。ただ弱い自分から目を背け、現実を否定したいがための、仮初の姿だったのかもしれない。

◆

そして数年が経過し、エリオはまたもや敗北した。

研鑽を積んできたはずの剣で。いいや剣術に限れば、もしかしたら勝っていたかもしれない。しかし、視野狭窄(しやきょうさく)に囚われ、決闘であることを忘れていた。結果として、彼女はクレオという少年に容易く敗北してしまったのだ。

「我は、また……！」

信じたくはなかった。

しかし敗れたのは事実であり、相手に落ち度はなかった。だから――。

「クレオくん、願いはなんだ……？」

うつむき、薄らと涙を湛(たた)えながら彼女は訊ねる。

いったい何を言われるのだろうか。もしかしたら、また何かを失うかもしれない。そんな思いに、エリオは唇を噛(か)んだ。また、あの地獄のような日々が始まるのか。

それとも、また道具のように扱われるのか。

また、誰かの命を奪ってしまうのか、と。

そんな絶望の淵(ふち)にいる彼女に告げられたのは——。

「えっと、ですね……」


とても、意外な要望だった。


「復讐とか忘れて、ボクのパーティーに加わりませんか?」

「な、に……?」

それは、誘い。

新たな仲間として加わってほしい、という願いだった。

驚きながら面を上げると、一人の少年の笑顔。彼は頬を掻きながら言った。

「色々、大切なものを失ったのは聞いています。でもきっとそれは、エリオさんのせいじゃないです。だからせめて、その苦しみを分け合いませんか?」

「クレオくん、キミは——」

——何者なのか。

そう問いかけようとすると、それより先に少年は彼女の肩に手を置く。とても温かい手だ。まるで、あの日の少女のように。

彼女のことを、人として扱ってくれた最初の女の子のように。

そしてクレオは、一つ柔らかく頷くのだった。


「あぁ……」


それを見て、エリオの中でなにかが解けていく。

緊張だろうか。今まで張り詰めっぱなしだった感情が、どんどんと解けていく。同時に、相手が何者かなどということは些末事（さまつじ）になっていた。

そんなことは、どうでもいい。

自分はいま、ようやく救われようとしているのだから。


一人の少年の、肯定によって。

「あぁ、分かった。我は――アタシは、キミのパーティーに加わろう」

クレオの手に触れて、声を震わせたエリオ。

久々に触れた人のぬくもりは、とても心地良かった。

◆

「――それで？　クレオの親父さんは、いまどうなってんだ」

「毎日ヒーヒー言いながら、世界各地の街という街に捜索願を出しています。日に日に頬がこけて、疲弊していく様がなんとも……」

「見ていてスカッとするんだろ？」

「そうですね」

リリアナは客間で一人の男性騎士と茶を嗜んでいた。

もっとも、まともに髪の手入れをしていないであろう騎士の方は姿勢悪く、味わうことなくがぶ飲みしているが。王女はそんな相手の性格を知っているからか、咎めることはなかった。淡々と会話を進め、騎士にこんな問いかけを投げる。

「それで、アルナ――騎士団にはもう、慣れましたか？」

スッと、目を細めて。

リリアナの言葉を受けた彼——アルナは、ガキ大将のような笑みを浮かべて言った。

「当たり前だ。いまに見てろよ？　俺が、この騎士団を変えてみせる」

「あら、それはまた。大きく出た、という感じですね」

しかしながら、王女は気にした風もなく。

自身の分の茶の香りを楽しんでいる様子だった。そんな態度をみせられて、少しばかり不満げな表情になったのはアルナ。

彼はリリアナに、拗（す）ねたような口調でこう告げた。


「いい加減、俺のプロポーズに返事をくれても良くないか？」——と。


頬杖（ほおづえ）をつきながら。

それを見て、ようやくリリアナはふっと笑みを浮かべた。

「それは、クレオに勝てたら、という約束でしょう？」

「公式戦では俺の勝ちだっての」

「何でもありの真剣勝負では、全敗でしょう？」

「…………」

そして、同級生のことを軽くいなす。

アルナは何も言い返せずに、大きくため息をついた。そして、風向きが悪いと踏んだのか、話題を少しばかり変えることにする。

「しかしクレオの親父さんは、本気でアイツの力を見抜けてなかったんだな」

「えぇ、本当に節穴としか言えません。一点特化で目立つことばかりを好んで、それ以外に目を向けない。公爵にしておく価値がありません」

「おいおい、そりゃ……ずいぶんな言い様だな」

「私は事実を口にしているだけ。王女として、気を遣う気はありません」

「こりゃ、俺の家もうかうかしていられないな」

言いながらも、アルナは余裕のある笑みを浮かべた。

するとリリアナは彼に訊ねる。

「それで。先ほどの話は受けて下さるのですか、アルナ？」

先ほどの話、というのはクレオの捜索の手伝いであった。

無能のダンに任せていては、いつになるか分からない。ということで、王女は友人に手助けを求めたのだった。

友人——アルナは、それを聞いてニヤリと笑う。

そして、言った。

「おうよ、当然」

何とも端的であり、かつ即断。

そんな彼の態度を見て、リリアナは一つ訊ねた。

「それは、私との婚姻を目指すため、ですか？」

クレオを探し出せば、自身の目的に近づくからか、と。

しかし、アルナはゆっくり首を左右に振ってからこう答えるのだった。

「それだけじゃ、ねぇさ。クレオは剣術において、この俺を本気にさせた――」

ニッと、少年のような笑みを浮かべ。

かつて戦った、とある『少女』のことを思い浮かべながら。

「『二人目』だから、な」――と。

第2章　それはきっと、小さな幸せ。

エリオさんが仲間になって一週間ほどが経過した。

彼女の剣術はやはり凄い。アルナのような型破りな剣ではなく、とても基本に忠実であり、それ故に迷いがなかった。純粋な剣術のみの戦いだったら、勝敗がどちらに転んでいたかは分からないな、と思う。

そんな感じで、ボクの冒険者活動も軌道に乗り始めた頃だった。

「ん、もう一人？」

「そうです。これからより多くのクエストをこなしていくなら、後方支援ができる誰かを仲間にした方が良いかな、と」

酒場で食事を摂っていた時。

何の気なしの会話の流れから、キーンがそう言った。

「……あぁ、そっか。たしかに、治癒魔法専門の人がいた方が安心だよね」

ボクは少し考えてから、納得して答える。

いまパーティーにいる中で、治癒魔法が使えるのはボクだけだった。でも、使えるとは言っても万年2位に過ぎないものだ。新時代の聖女と呼ばれたマリンには敵わなかったし、それだったら緊急時のためにも一人、募集をかけた方が良い。

「でも、こんな新米パーティーに人がきてくれるかなぁ……」

「なにを言ってるんだ、クレオ。アタシたちが噂になってるの知らない？」

「え、噂って？」

しかし不安もあり、そんなことを漏らすとエリオさんがそう口にした。

首を傾げると彼女はキーンと目を合わせて、呆れたように首を左右に振る。もしかして、なにかよからぬ噂でも出ているのだろうか。

たしかに決闘をしたり、新人のクセにダンジョンの最下層付近まで行こうとして止められたり。ギルドには迷惑をかけているかもしれなかった。

「うーん、そっかぁ……」

——だとしたら、もっと周囲に気を配らないとなぁ。

そんなことを思いながらも、戦力補強には乗り出さないといけなかった。

「でも、とりあえずは明日——」

だから、明日の朝にギルドへかけあってみよう。

そう提案しようとした時だった。

「オラァ！　マキ‼　――てめぇ、いい加減にしやがれ‼」

なにやら、野太い男性の声が酒場に響き渡ったのは。

「どうしたんだろ、喧嘩（けんか）――――⁉」

ボクはそれに気を取られて、声のした方へと目を向けた。

見えたのは拳を振り上げた屈強な男性。そして、今にも殴られそうになっている一人の幼い少女の姿だった。

「危ない……！」

考えている暇なんてない。

ボクは一直線に少女のもとへと走った。

「きゃ……⁉」

少女の短い悲鳴の後に、振り下ろされる拳。

しかし、それは空を切るのだった。

「あぁ……？」

「え、あれ……？」

すると同時に二つ、困惑の声が上がる。

一方は後方から。もう一方は、ボクの腕の中から。

「ふぅ、危なかった」

なにやら客たちがザワついているけど、どうしたのだろう。

ボクは間一髪で助けた女の子を解放しながら、とりあえず一息ついた。そして、少女を殴ろうとした男性へと振り返る。

なにがあったか知らないが、見過ごせなかった。

こんな小さな女の子に、手を上げるなんてどうかしている。

「ちょっと、なに考えてるんですか！」

「なんだぁ？　てめぇ……」

抗議しようと思って声を上げると、屈強な男性は値踏みをするように。

ボクのことを上から下まで、舐め回すように見るのだった。

「この俺様が、ゴウン・オルザールだと知ってのことかァ⁉」


そして、彼は突然に大声でそう叫ぶ。

それが一つの事件の始まり。

助けた少女――マキを守る戦いの始まりだった。

◆

「あ、あの！　僕なんかのこと、助けてくれてありがとうなのです！」

「いいや、気にしないで。あんな状況で動かない方がおかしいんだから」

「そ、そんなことない、です……。クレオさん、カッコよかったです!!」

頬を赤く染めながら、少女――マキは言った。

色素の薄い長い髪に円らな青の瞳。身の丈はボクの肩にも届かない、幼い顔立ちをした少女は、昨日から何度も同じようにお礼を口にしている。

大したことはしていないので、そんなに言われても恐縮なのだけど。

苦笑いをしつつ、ボクは頬を掻（か）いた。

騒動の翌日。マキを含めたボクたちは、ギルドの談話室に集まっていた。

「とりあえず、怪我がなくてよかったよ」

「はい、ありがとうなのです!!　あ、でも――」

こちらの言葉に、胸の前で拳を握ったマキは頷（うなず）く。

だが、すぐにションボリとしたように、こう言ってうつむくのだった。

「ゴウンさん、すごい怒ってたです。それに……」

「あぁ。たしかに、ね」

ボクは少女の言葉を聞いて、昨日のことを思い出す。

それは、あの男性――ゴウンが咆哮した後に起きた出来事だ。

◆

ゴウンと名乗った男性は、身の丈が二メイルを超えるだろうという偉丈夫だった。

筋骨隆々な肉体に、重厚な装備をまとう。そして顔には深い傷跡を残しており、厳つい顔立ちもあって、対峙した相手に恐怖を与えるには十分だった。

それでも、こちらはもう引くことは出来ない。

「いや、どなたか知りませんが。それでも、こんな小さな女の子に手を上げるなんて！　ボクは無視できません!!」

「んだとぉ!?　このガキが、偉そうなことを言いやがって……！」

立ち上がり、こちらへと迫ってくる。

後方で少女が悲鳴を上げた。彼女を守るようにしながら、ボクは問いかける。

「いったい、何があったんですか。話し合いで解決しましょうよ」

「うるせぇ！　それを決めるのも俺様だ。そこのマキはなぁ、俺様の指示をまったく聞かずに行動しやがったんだ！」

「………それは！」

そこまで話をしたところで、マキは声を上げた。

「だって、あの状況では撤退して、僕の治癒魔法で回復するのが最善だったはずなのです！　それなのに、ゴウンさんは無理にみんなを突撃――」

「黙れって言っているんだ！　この生意気な小娘が!!」

「ひぅっ……！」

少女の言葉を遮って、またも拳を振り上げるゴウン。

マキは頭を抱えてうずくまり、震えていた。ボクは改めて間に割って入る。

「やめて下さい！　どうして、そんなムキになるんですか!?」

「このパーティーのリーダーは俺様だ!!　こいつらは全員、俺様の駒に過ぎねぇ！　だから誰が死のうが関係ねぇ!!　代わりはいくらでもいるからなぁ!!」

「そ、そんな……!?」

そして、ボクは彼の言葉に絶句した。

そんなのメチャクチャだ。命はそんなに軽々しく扱って良いものではない。しかも、仲間の命を第一に考えるべきリーダーの発言とは思えなかった。

奥にいた、彼の仲間と思しき人たちに目を向ける。

すると彼らは何も言わず、視線を逸らし、うつむいてしまった。

「ほらよ、文句を言っているのはマキだけだ。ここのルールは俺様なんだよ！」

「そんなの、おかしい!!」

「あぁ!? 部外者が口出しするんじゃねぇ!!」

「く……！ だったら――」

我慢できなかった。

この時のボクは、少し冷静ではなかったかもしれない。

それでも、だからこそ迷いなくこう宣言したのだ。

「この子――マキは、ボクが引き取ります！ そして、勝負を申し込みます！」

真っすぐに、その男の顔を睨みつけながら。

「そちらが負けたら、他の皆さんも解放してください!!」――と。

◆

果たして、それは了承された。

ボクのパーティーとゴウンのパーティーは、近日中に勝負をする。

「でも、大丈夫なんですか？　クレオさん……」

「ごめんね、キーンにエリオさん。巻き込んじゃって」

「いえ、それは良いんです。このパーティーのリーダーは、貴方です」

キーンが話しかけてきたので、謝罪すると彼は首を左右に振った。

エリオさんも同様に、肯定するように頷く。それでも、どうやらキーンの抱いた懸念は他にあるらしい。彼は一つ唾を呑（の）み込んでから、こう言った。

ゴウンという冒険者。

その強さを示す、とある指標を……。

「ゴウン・オルザール。アイツは――」

眉間に、皺（しわ）を寄せながら。

「『SSランク』の、冒険者なんですよ」

◆

ゴウン・オルザール——元の名を、ゴウン・シンデリウス。

彼はこの王都における貴族、シンデリウス家の嫡子であった。しかしそのあまりに横暴、横柄な性格から臣下を始めとして、最後には父親に見限られる。そして廃嫡の道をたどったゴウンは、その腕一つで冒険者ギルドにて成り上がった。

だが、一定の地位を与えられたにもかかわらず。

己を裏切った者たちへの恨みからか、その心は大きく歪(ゆが)んでいた。仲間という存在を都合のいい駒としか思わず、恐怖によってパーティーを支配。

実力至上主義を掲げるギルドは黙認し、今に至っていた。

「貴族の家から、廃嫡……か」

ボクは一人宿の部屋で、ベッドに仰向けで転がっている。

いま考えていたのはキーンから聞いた、ゴウン・オルザールの過去であった。境遇はこちらと似ているのだが、どうしても理解が出来ない。

大切な仲間を死んでも良いものとして扱うなど、考えられなかった。

シンデリウス家という貴族の家には、少なからず縁があったが、それでも事情には詳しくない。

なにがあったのか。どうして、ゴウンはあそこまで――。

「――ん、どうぞ」

そこまで考えた時だった。

不意にドアがノックされる。声をかけると現れたのは……。

「あれ、マキじゃないか。どうしたの、眠れなかった？」

「は、はい。少しだけ、クレオさんにお話ししておきたいことがあって」

「話……？　分かった、聞くよ」

「ありがとうございます」

ゴウンのもとにいた少女――マキだった。

少女はなにか申し訳なさそうにうつむきながら、ボクの隣に腰かける。そして、少しの沈黙の後にこう話し始めるのだった。

「あの……。変な話かもしれないですけど、お願いがあります」

「うん、なんだい？」

そう切り出し、口にする。

「ゴウンさんのこと、悪くは思わないで上げてください」——と。

次いで少女が話したのは、少し意外なゴウンの一面だった。

◆

「はん、あれが噂のクレオだとは、な……」

鼻を鳴らして、ゴウンは暗い部屋で一人エールを煽った。

自分に逆らった少年の名を口にして、あまりに不快そうな表情を浮かべる。彼にはとにかく、すべてが不快で仕方なかったのだ。

自分の思い通りにいかなかったこと。

食事の際に邪魔をされたこと。

そして、何より——。

「く……。マキまで、あっちに行くとはな」

少女──マキが、クレオの側についたこと。

彼にとっては貴重な捨て駒がいなくなったという、そんな感覚かもしれなかった。だがしかし、それ以上の怒りを胸に秘めているようにも見受けられる。

普段ならば、ただ怒鳴り散らす。

それを堪えているのが、ある意味での証拠だった。

「まぁ、いい。取り戻せばいいだけの話だ」

そう言って、ゴウンはまた酒を喉に流し込む。

次いでおもむろに、懐から一つのペンダントを取り出すのだった。

それを見て──。


「くっ……くははは！　俺様は、どこまでいっても一人、ってことだな！」


大声で笑った。

しかし、それはどこか自らを嘲るようなそれ。

夜の街には、そんなゴウンの声が響き渡っていた……。

◆

「よう、クレオ——逃げ出さずによく来たな。そこだけは、褒めてやる」

「ゴウン・オルザール……」


ボクたちのパーティーは、ギルド前の広場で相手と対峙した。

戦斧(せんぷ)を手に持ったゴウンは不敵に笑い、こちらを見下ろしている。その姿に怯(ひる)むのは、傍らにいるマキだった。彼女はボクの服の裾を摑(つか)み、震えている。

「一つだけ、訊(き)いてもいいですか？」

「おう、なんだ？　面白れぇ、聞いてやる」

そんな少女の姿をちらりと見てから、ボクは真っすぐにゴウンを見据えて言った。

「どうして、マキにそこまで執着してるんですか？」

「なに……？」

彼は眉をひそめる。

そして明らかに不快な表情を浮かべながら、こちらを睨んだ。マキを見て、彼女の視線を見て、すべてを悟ったように口にする。

「ほう。マキが話したのか」

「はい、そうです」

「なるほど、な」

短いやり取り。

その中で、ゴウンはどこか自嘲気味な笑みを浮かべた。

ボクはそんな彼の表情を見て、ある種の確信を持つ。ゴウン・オルザールは、なにか重要なことを隠している、と。

そして、それはもしかしたら――。

「…………」

ボクは深呼吸をしながら、昨日の夜、マキから聞いた話を思い出した。

◆

「ゴウンのことを、悪く思わないで――って？」

こちらが困惑の声を上げると、少女は一つ小さく頷いた。

目を伏せて、どこか迷うような口調でこう言う。

「もしかしたら、あの人――ゴウンさんは、僕のことを守ろうとしていたのかもしれないのです。他の人を犠牲にしても、僕だけは生かそうと……」

「え、それって……？」

「おかしいのです！　僕には、無茶な指示は出さない！　それに、身寄りのない僕のことを引き取ってくれたのは、他でもないゴウンさん、なのです……！」

「えっ……！」

次第に勢いを増していくマキの言葉。

それに押されていたボクだが、しかし少し考えた。あのゴウンが身寄りのない子供を引き取って守るということ。そこには、大きな理由があるはず。

つまり、あの気性の荒さの奥には、なにかが隠れている……？

「だから、だから……お願いなのです……！」

「マキ、分かったよ。安心して？」

「クレオ、さん……？」

ボクはそこで、一つ決心した。

そして、ついに泣き始めてしまった少女の頭を撫でる。優しく声をかけると、彼女は潤んだ瞳をこちらに向けた。

それに笑顔で返して、伝える。

「明日、ボクが何とかするから！」――と。

◆

そして今、ボクはゴウンと相対している。

体格差は歴然とし、彼からはいかにも強者の雰囲気が漂っていた。

「なるほど、な……」

「ゴウンさん。もしかして、貴方は――」

「そこまでだ、クレオ。そこから先は、俺様に勝ったら教えてやる」

「…………」

彼はそう言って、戦斧を構える。

ボクは呼応するように、剣を引き抜いてそれを見据えた。その時だった。

「だが、この人数相手に勝てれば、だけどなぁ!!」

「え、これって！」

ゴウンの号令と同時に、衆目を割って武装した冒険者が乱入してきたのは。

みな、すぐに彼を守るように陣を張った。

その数――五十は下らない。

「パーティー対パーティー――その条件を出したのは、お前だぞ？　それなら、総力戦で臨んでも文句はないよなぁ!?」

ゴウンは大声で笑った。

勝利を確信したようにして、ボクらを見下ろす。

だけど、こっちは傍らの少女と約束したのだ。

「構いません。必ず――」

だから、改めて剣を構えてこう宣言した。

「ボクは、貴方を倒してみせる!!」

◆

「く……！　さすがに、数が多すぎるか⁉」

勝負が開始され、大勢の冒険者に取り囲まれる。

身動きが取れなくなったボクらは、四人で背中を合わせて周囲を警戒していた。そのまま膠着状態が続く。こちらのパーティーで戦闘が出来るのは三人。

マキは治癒魔法の専門家とのことで、攻撃手段は持っていなかった。

そして同時に、他の冒険者の目の色がおかしいことに気付く。

全員が追い詰められているような。なにかに怯えているようでいて、必死な顔をしているのだった。そのことに眉をひそめていると、マキが言う。

「きっと、ゴウンさんは全員の弱みを握って、みんなを掌握してるです」

「弱み……？」

声だけで応えると、少女が頷くのが何となく分かった。

「はいです。ゴウンさんは配下を操るために、家族を人質に取ったりするです」

「外道が……！　クレオ、そんなの許していいのか⁉」

「エリオさん、落ち着いて！」

そして、告げられた言葉に思わず激昂する赤髪の剣士——エリオさん。

彼女が思わず前に踏み出そうとするが、それをどうにか押し止めた。なんの計画もなしに飛び出せば、それこそ相手の思う壺だ。

ボクは少し考え、一つの賭けを提案する。

「ねぇ、キーンとエリオさんにお願いがあるんだ」

それは、無策無謀にも近いもの。

だけど彼らは、ボクを真っすぐに見て頷くのだった。

◆

――男は卑劣と罵られようとも構わなかった。

ただ一人、自分が手に入れたい存在を、自分の手元で守ることが出来れば。それ以上に求めることなどなかった。富も名声も、何もかもそのために投げ捨てる。

それが、ゴウン・オルザールという男の考えだった。

「さて、どう動く？　クレオ――」

戦斧を肩に担ぎ、人だかりを見る。

口元には不敵な笑みを浮かべて、必ずやってくるであろう少年を待った。

「一人でくるか、それとも――」

そこまで考えた時だ。

男は思わぬ展開に目を見張ることとなった。

「な、に……⁉」

突如、自分の目の前に爆炎が巻き起こったのだ。

同時に彼らを取り囲んでいた冒険者が、一本の道を開くのが分かった。それはすなわち、クレオとその仲間が一点突破を図った、ということ。

「ほほう、お仲間もお仲間――ということか！」

舐めていた、侮っていた。

多少の計算違いかもしれない。

それでも、なるほどクレオのパーティーが王都最強と謳われる理由は納得だった。その戦力は他の追随を許さない。

そして、他でもないそれを束ねる少年は……。

「ゴウン・オルザール――貴方に、話があります」

土煙の中から、彼が現れた。

傍らに一人の少女——マキを連れて。

「面白れぇ……。いいぜ、殺り合おうじゃねぇか!!」

男は戦斧を構える。

合図はない。しかし、互いに理解していた。

ここが、決戦の場であること。

そして、それは一瞬で終わりを迎えることを……。

◆

「おらああああああああああああああああああああああっ!?」

ゴウンが戦斧を振り下ろす。

大地を打った一撃は、それを大きく陥没させた。地響きが鳴り渡り、亀裂が広がっていく。ボクはマキを守りながら後退し、呼吸を整えた。

砂埃（すなぼこり）を吸い込まないよう気を付け、視界不良を避ける。

追撃はなかった。

「これは、想像以上――かな」

ボクはそう漏らす。

間違いない。ゴウン・オルザールの力は本物だった。

細かく言えばこれほどの腕力や、それに伴った攻撃の破壊力は見たことがない。学園の中ではまず、出会うことのできなかったタイプの戦士。

無骨ながら、それでいて強固な戦いをする人物だった。

「どうした。怖気（おじけ）づいたのか？」

「少し、だけ……。でも、まだ始まったばかりです」

ニヤリ、笑みを浮かべる彼。

ボクは思わず本音を口にしながらも、どうしてか微笑み返していた。

圧倒的な破壊力を目の当たりにしたにもかかわらず。ボクは今までにない戦いに、少しだけ、本当に少しだけ胸を躍らせていた。

「へ……面白れぇ。約束してやるよ、お前が勝ったら――教えてやる」

「ありがとうございます、ゴウンさん」

「けっ……無駄に礼儀正しい野郎を見ると、昔を思い出すぜ」

「…………」

こちらの返答に、唾を吐き捨てるゴウン。

しかし、その言葉や態度に気を割いている暇はなかった。この人に勝つには、いかなる戦いをすればいいのか。それを考え続けるのだ。

彼が力なら、ボクは――。

「行くぜぇ！　クレオォ!!」

絶叫が木霊する。

まるで獣のように、ボクへと向かってくるゴウン。

そして戦斧を大きく振りかぶって、技などない、そんな一撃を繰り出す。

「……………っ！」

――間一髪。

マキを押し退けつつ、それを回避したボクは向かって右に転がった。

そして、そこに勝機を見出すのだ。相手はたしかに、破壊力に限れば誰にも負けない。しかしそれ以外の部分では、ボクが上回っているはずだった！

「覚悟――！」

小さくそう口にして、ボクはゴウンの脇腹目がけて――。

◆

——男は、一人の女性に恋をした。

貴族である家柄に生まれながら、庶民——しかも貧困層の女性に、恋をしたのだ。そしてその気持ちは、彼女と触れ合う度、日増しに強くなる。

果たして、彼らは結ばれた。

男は貴族という地位を捨てて、その女性と共に生きると決めたのだ。

『ゴウンさん？　——女の子だったら、なんて名前にします？』

大きなお腹をさすりながら、女性は男に訊(たず)ねる。

それを聞いて彼は、今とは比べ物にならないほどに穏やかな表情で言った。

『そうだな。簡素だが、お前の名前に似た響きが良い。だから——』

男——ゴウンは、いずれ生まれる娘かもしれない子供の名を口にした。

『この子の名前は——マキ、だ』

剣が、深々とゴウンの脇腹を抉(えぐ)っていた。

防がれると思っていた一撃が、そのまま吸い込まれるように入ったのだ。

「ごふ……！」

ゴウンはその場に横倒しになる。

戦いの終わりは、静寂に包まれたものだった。

◆

ある貴族の家に、一人の荒くれ者の問題児がいた。

名をゴウン・シンデリウス。豪快な見た目に相応しく荒々しい性格をした彼は、一族の中でも悩みの種であるとされていた。もっとも、嫡男であることを理由に、ある程度のことは黙認されていた様子ではあるが。

「ったく、今日もつまらねぇ……」

自室の大きなベッドに大の字になったゴウン。

悪態をつきながら、窓の外を見やる。するとそこには、斜めに木の枝が伸びていた。

そこを止まり木にした小鳥が一羽、行方も分からないといった雰囲気でとまっている。荒くれ者はそれを、ほんの少しだけ目を細めて見つめている。彼の瞳に浮かぶ感情は哀れみか、あるいは同情か、それとも――。

「らしくねぇ……」

そこまで考えてから、ゴウンは屋内であるにもかかわらず唾を吐き捨てた。

そしておもむろに立ち上がり、窓を開け放つ。当然ながら小鳥は驚いて飛び去ってしまった。しかし彼にとってはどうでもいいことなのだろう。

目下、まだ何とか青年と呼べる年齢のゴウンの悩みといえば、家督云々だけだった。

「別に長男だからって、家督を継ぐ必要はねぇだろうよ……」

口に出して、改めてため息をつく。

この言葉が指し示すように、ゴウンはシンデリウス家当主となることを是とは思っていなかった。その理由というのも、面倒くさい、というものだけ。

どうして自分なのか。

腹違いだが弟もいるのだから、そちらで良いではないか。

あれはあれで、融通が利かないものの、少なくとも自分よりはマシだった。あまりにも面倒くさいので、そんな思いの丈を暴露すると、現当主の父から大目玉を食らったのが今朝のこと。

部屋で頭を冷やしてこい、と言われて数時間が経過した。

弱小とはいえ貴族の家だけあって、一人部屋はそれなりに大きい。ゴウン本人はもう少し粗雑な環境の方が落ち着くのだが、給仕たちが勝手に気を利かせるのだ。

そんなこんなで、彼は冷やそうにも冷やせない頭で、必死に策を練ることになっている。

策というのはもちろん、いかにすれば自分は家督を継がずに済むのか、ということ。弟のカオンからも父を説得するように頼んでみたのだが、どういうわけかやんわりと断られた。

ゴウンはそれを、やはり皆が面倒くさいのだ、と片づけている。

「まぁ、親父も健康そのものだからな。早急に、ってわけではないだろうが……」

――やっぱり、面倒くせぇよ。

本日何度目かの、大きなため息をついた大柄な青年。

たくましい肉体に反して、その背中はなんともみすぼらしく感じられた。何だかんだ言って、今年はもう二十九になる。いい加減、身を固める必要に迫られているのも確かだった。

というのは世間体であって、ゴウン本人にはその気などまったくない。

夜中に抜け出して、適当な酒場に足を運んで、そこで出会った女性と肌を重ねているだけで十分であるように思われるのだ。というよりも、まだまだ遊んでいたい。

それが、ゴウン・シンデリウスの本音だった。

「……ったく。俺様に今さら、惚れた何とかができるかっての」

我ながら、純情など遥か彼方に捨て去ったと思っている。

考えてみれば学園生時代から、人には言えない関係を多く結んでいたのだ。それが原因で、かなり爛れた人間関係になったこともある。馬鹿だったなと、彼は自分を嘲笑う。

そして至る結論、というのが――。

「……はいはい。身から出た錆だよ、文句あるかよ」

この独り言も、ずいぶんと回数を重ねていた。

堂々巡りしてはここに帰結する。

「…………けっ」

あからさまにいじけた表情を浮かべるゴウン。

こういったところは案外に幼さが残っているようであり、親に言い包められた少年のような顔をするのだった。だがそれも、決して他人には見せたりしないが……。

「いかが、なされたのですか……？」

「いや、なんでもねぇよ。ただ自分が蒔いた種が、今さらぐんぐん伸びているだけだ」

「ほへぇ……！　それは、大収穫の時期ということなのでしょうか!!」

「そうだな。大、大大収穫だ」

「すぐに、支度をしますね！　他の給仕にも、知らせてきます!!」

「あ？　いったい、なんの――」

――ちょっと待て。

ゴウンはそこで、ハッと気づいた。

自分はいったい誰と話しているのだ、ということに。

先ほどまで人の気配なんてなかったというのに。そのことを頭の中で確認しながら、おそるおそる声のした方を振り返った。

すると、そこにたっていたのは……。

「いかがなされました？　ゴウンさま」

「…………」

――やらかした。

彼のちょうど後ろに立っていたのは、小柄な一人の給仕だった。

色素の薄い髪を後ろで一つにまとめており、青色の瞳がはっきりと見える。垢抜けていないが、素材は良いのだろう。整った顔立ちをした彼女は、背丈に似つかわしくない豊満な身体を前かがみにして、ゴウンの顔を覗き込んできていた。

キョトンとしている様子からして、きっと先ほどの会話を大きく勘違いしている。

この給仕の頭の中では、今から楽しい収穫祭が始まるのだ。

「あれ、でも季節がおかしいですね?」

「…………」

と思ったら、矛盾に気づいた模様。

決して作物が取れないわけではないが、今は秋季ではない。というのは実際のところどうでもいいのであって、問題は弱みを握られた、という部分だった。

ゴウンは必死に思考を巡らせる。

そして、とりあえず——。

「お前、誰だ……?」

この給仕が何者なのか。

それを確かめることにした。すると彼女は、

「あ、ご挨拶が遅れました!」

問われてから、姿勢を正す。

次いで満面の笑顔を浮かべて、無邪気に名乗るのだった。

「わたしは、ナキ・オルザール！　今日からゴウンさまのお世話をすることになった、新人の給仕でございます！　不束者(ふつつかもの)ではありますが、どうかよろしくお願いいたします！」

ぺこり。

綺麗(きれい)なお辞儀をした女性——ナキ。

そんな彼女を見てゴウンは、思わず苦笑いを浮かべるのだった。

◆

それから数日が経過。

「ゴウンさま、脱いだ服はカゴに入れておいてくださいい、って言いましたよね？」

「うるせぇな……。お前は口うるさいお袋かよ」

「え？　わたしは給仕ですよ？」

「そうじゃねぇよ」

ゴウンとナキはいつの間にか、そんな会話を交わすようになっていた。

というのも、ナキが怖いもの知らず――いいや。基本的に、警戒心というものがないのだ。他の給仕たちはゴウンと接する際、腫物を扱うような、一定の距離を置いて接してくる。対して彼女は天真爛漫（てんしんらんまん）に、分け隔てなく周囲と接していた。

いや、これは確実に天然のそれなのだが……。

「ナキは、俺様が怖くねぇのか？」

「…………？」

だが、それにしても不用心だなと思い、ゴウンはナキに訊ねた。するとと彼女はベッドのシーツを直しながら、小首を傾げる。この反応から見るに、そもそも質問の意図を理解していないと考えられた。

そのためゴウンは、念を押すようにこう付け加える。

「俺様はこんな見てくれをしているからな。それに、これまでかなり横柄に振る舞ってきたと思っている。他の奴らからも聞いているだろ？　――あいつは危険だ、と」

「あー……」

そこまで聞いて、ようやくナキは彼の言葉の意味を解したらしい。

なにか記憶を手繰るように視線を上にやって、しかしすぐにこう言うのだった。

「別に、関係なくないですか？」

そう、あまりにあっけらかんとした様子で。

ゴウンは、にへっと表情を崩した彼女を見て眉をひそめた。

「警戒心がないのか……？」

「そうじゃないですよ～？　ただ、もし本当に危険な人なら、わたしはすでに襲われています！」

――わたし、これでも意外とモテるんです！

大きな胸を張りながらどこか自慢げに、ナキはゴウンにそう宣言した。

それに彼は無言になる。そして――。

「それなら――」

おもむろに、

「きゃ……！」

ナキをベッドに押し倒した。

手慣れた動きで彼女の両手を拘束して、覆いかぶさる。

息のかかるところまで顔を近づけ、給仕にこう問いかけるのだ。

「これでも、危険じゃない、って言えるのか？」

「…………」

綺麗に整えられたばかりのシーツに皺ができる。

大きなベッドの軋(きし)む音だけが、部屋の中に響いていた。互いに何も言わないまま、時間だけが過ぎていく。そして、そんな状況がいつまでも続くと、そう思われた時だった。

「ぷっ……！」

あまりに突然だった。

「あはは！　冗談にしては下手ですよ、ゴウンさま！」

そう言って、涙を流しながらナキが笑ったのは。

「な、に……？」

呆気（あっけ）にとられるゴウン。

そんな彼に対して、ナキは呼吸を整えながらこう答えた。

「だから、本当に危険な人なら、問答無用で襲ってます！　まずそうやって『俺様は危険だぜアピール』なんて、しないんですよ！　あはは！」

「ぐ……!?」

図星だった。

あまりにその通りのことを言われ、ゴウンは押し黙る。

「他の人が言ってることなんて、見た目のことばかりですし。わたしはゴウンさまが、そんな人ではないっていうのを理解しているつもりですよ？」

続けてナキにそう言われて、いよいよ堪え切れず。

ゴウンは口を真一文字に結びながら、彼女を開放するのだった。ベッドに腰かけて、大きくうな垂れる。どこか呆れたようにため息をついて、身を起こした給仕を見た。

「お前は、本当に変な奴だな……」

素直な感想を口にする。

彼にとっては、このナキという女性が不思議で仕方がなかった。

なぜなら今まで出会った女性は決まって、自分に対して恐怖するか、あるいは貴族と知って身を寄せてくるかの二つだったから。このように対応されるのが、新鮮で仕方がないのだ。

そう思って口にした言葉だが、しかし相手は不服だったらしい。

「むむ！　撤回をお願いします！　――わたしは、きわめて普通で善良な女の子ですから！」

「女の子、って歳かよ……」

対してゴウンは苦笑いしながら、そう言った。

幼く見えるものの、このナキという女性が自分と大差ない年齢であることは知っていた。だからこそ、思わず口を突いて出た本音だったのだが……。

「あー！　そういうこと言っちゃいますか⁉　わたし、怒りましたからね⁉」

「はいはい、勝手に怒って――」

もうどうでもいい、そんな風にあしらおうとした。だが、

「他の皆さんに、ゴウンさまに食べられた、って言いふらしますからね！」

「な――⁉」

ナキのその言葉に、思わず目を丸くしたゴウン。

驚いて彼女を見ると、腕を組んで子供のように頬を膨らませていた。これは、謝らなければ本当にないことを言いふらされてしまう。

目が、本気だった。

「………すまん」

「よろしい！」

それはたまったものではない。

そう思ってゴウンが小さく謝ると、ニコッと笑ってナキは許すのだった。一連の流れを受けて、改めてゴウンは大きく肩を落とす。

「なんだよ、これ……」

言葉が出てこなかった。

とりあえず分かったのは、このナキという女性が普通ではない、ということ。そして、ある意味で自分との相性が悪い、ということだった。

これまでゴウンは多くの女性と関係を持ってきたが、こんな人物は初めてだ。

面白いというより、とても疲れる。

「でも、本当に気を付けるんだぞ？　今回は無事だったが、ナキは見ていて危なっかしい。いつ、誰に襲われるか分かったもんじゃねぇ……」

その上で、彼はナキに忠告した。

すると彼女は、冗談めかした口調で――。

「でも危なくなったら、ゴウンさまが助けて下さるんですよね？」

目を細めて微笑みながら、そう言うのだった。

「な……！」

「あははは！　冗談ですよ、冗談！」

虚を突かれたゴウンは思わず息を呑むが、それにまた笑うナキ。手早く用具をまとめて、部屋を出て行ってしまうのだった。取り残されたゴウンは、彼女の消えていった扉をジッと見つめて、やがてこう言うのだ。

「本当に、なんなんだ。あいつは……」

――何やら、頬が熱い。

もしかしたら、これが彼にとっての初めてのあの感情、だったのかもしれない。

◆

それから、しばしの時が流れた。

あまり遠慮というものを知らないのか、ぐいぐいとくるナキ。そんな彼女とゴウンは、気付けばそれなりに仲良くなっていた。そんなある日のこと、事件は起きたのだ。

「ん……？」

何気なく屋敷の廊下を歩いていたゴウン。

そんな彼が窓の外に目をやると、誰かと言い争うナキの姿があった。死角になって相手の姿は見えないのだが、あのように怒っているナキを見るのは初めてだ。そして、相手がいなくなったのか彼女はうつむき、拳を震わせる。

ゴウンは少し慌てて、彼女のもとへと急ぐ。

そして――。

「おい、ナキ！」

少々乱暴にだが、肩を摑んで振り向かせた。

すると、そこにあったのは……。

「ナキ……」

「…………ゴウン、さま」

初めてだった。

そこにあったのは、初めて見るナキの泣き顔だった。

幼い顔をくしゃくしゃにして、悔しいのか歯を強く食いしばっている。堪え切れない涙が頰を伝い落ちて、それが床を濡らした。

「どうしたんだ、何があった……？」

狼狽えながらも、ゴウンはナキに問いかける。

対して彼女は、すすり泣きながら答えた。

「わたし、また一人になっちゃい、ました……」――と。

言って、ゴウンに抱きつく。

厚い胸板に顔を埋めて、泣きじゃくった。

ゴウンは自然と、そんなナキを抱きしめる。

そして、こう口にした。

「………」

「お前には、俺様がいる」

――だから、どうか笑顔を見せてくれ、と。

大粒の雨が降り始めた。

不穏な、鉛色の空。

あるいは、それは今後の二人を暗示していたのかもしれない。

◆

「また、一人……か」

ゴウンはベッドに腰掛けながら、ナキの言葉を思い返していた。

彼女の涙を見たのは初めてだった。そして、あのように弱気な発言を聞いたのも。普段のナキであれば、多少のことがあっても笑顔で取り繕うのだ。それこそ自分と懇意にしている故に、他の給仕からは鼻つまみ者にされていることなど何でもない、といった感じに。

だからこそ、彼にとってナキの涙は信じられないものであった。

それと同時に――。

「『また』一人、か」

繰り返す、その文言。

天真爛漫で天然で、暗いことを微塵も考えていない。

そんな彼女も、ゴウンと似たもの同士だったのだろうか。詳しくは、ナキの口から語られなければ分かり得ない。それでも、想像してしまうのだ。

ナキは、彼女は――いったい、一人でどんな苦しみを抱えてきたのか、と。

「ゴウンさま……」

そう考えていた、その時。

部屋の中に、ノックもなく一人の女性が入ってきた。

「……ナキ？」

誰か問う必要もないかもしれない。

このように無遠慮に、当たり前のようにゴウンの部屋に入ってくる者。そのことを許されているのは、この家の中ではナキだけだった。見ればやはり彼女がいて、ボロボロの寝間着姿で月明かりに照らされている。

この時間であれば、泊まり込みの給仕たちは眠りについているはずだった。

しかし、不思議とナキがここにいることに、違和感は覚えない。

「どうした、こんな時間に」

「少し眠れなくて……。ゴウンさまなら、どうせお一人だろうな、と」

「どうせ、ってなんだ。どうせとは……」

「あはは……、すみません」

「…………」

いつものようなやり取り。

それでも、どこか覇気のないナキ。

ゴウンはそんなナキを見て、おもむろに自身の隣に座るよう促した。すると頷くこともなく、彼女は従う。ただ座る前に一つ、ぺこりとお辞儀してから。

並んで、静かに窓の外に目をやる。

彼らの位置からはちょうど、綺麗な夜空が見えるのだ。今宵は満月――欠けることなく、二人のことを見守っていた。だがその満たされた存在が、ゴウンには皮肉に思える。

欠けることなき月の光と、自分たちを比べてしまって……。

「ゴウンさま。少し、いいですか？」

「……どうしたんだ？」

不意にそう口にしたナキに、ゴウンは静かに答える。

「今日、わたしを抱きしめて言ってくれたことは本当ですか……？」

「………」

そして、投げかけられたのはそんな問いかけ。

彼女には自分がいる、ゴウンは確かにそう言った。勢いではあったものの、その言葉には偽りなどない。本心から出てきたものであり、心の底から彼女を守りたいと思ったのだ。

だから彼は、ナキに伝わるようにゆっくりと首肯して見せた。

上目遣いにそれを確かめた彼女は、目を細める。

そして、こう語り始めた。

「わたし、孤児だったんです。産まれて間もなく孤児院に預けられたので、両親の顔は分かりません。ここに奉公するようになったのは、そこの孤児院の院長さんがコネを持っていたから……」

月明かりに、手をかざして。

「本当に、毎日ずっと一人だったんです。孤児院の中でもイジメを受けて、味方になってくれるのは院長さんだけで。だから、ここにきた頃は馴染めませんでした」

少し、声のトーンを落とす。

「…………でも、色々あって一人じゃなくなった、そう思っていました。ここから、少しずつ幸せになっていくんだ、そう思っていたんです」

――今日、あの時までは。

そう漏らしてから、しばしの沈黙を作るナキ。

そしてまた、上目遣いにゴウンを見てこう訊ねるのだった。

「ねぇ、ゴウンさま――」

ほんの少しだけ、熱を持った声色で。

「わたしのこと、どう思っていますか……？」

そっと、身を寄せながら。

緊張しているのか、その身は硬いように思われた。

「ナキ……」

瞳を潤ませる彼女を見て、ゴウンはついに決意を固める。

優しくナキの細い肩を抱き寄せて、告げた。

「あぁ、大切だ。他の誰よりも、一緒にいたいと思っている。だから――」

それが己の生涯の道を、大きく変えると知っていながら。


「俺様と、一緒になってくれ」


果たして、ゴウンは廃嫡された。

給仕の女と関係を結び、さらにはその身に命を宿らせたのだ。加えてゴウンは、ナキと共にあることを頑として譲らなかった。そのことによって、ついに現当主である彼の父が動いたのだ。

しかし、彼らは悲観していなかった。

「ナキ、行ってくるよ」

「はい！　いってらっしゃい、ゴウンさん」

王都の貧困層が住まう地域で、二人きりで始まった新生活。

まもなく、子供も産まれるだろう。そうなれば、より一層に頑張らなければならない。ゴウンはその自慢の腕力を活かして始めた冒険者稼業をこなしながら、思うのだった。

ナキに見送られて、外に出る。

何もかもが変わった。それでも、心が満たされていた。

これからは、彼女を守って生きていくのだ。そんな明るい未来を思い描いていた。

◆

――そう、あの日までは。

「あの、ゴウンさん！　こんなに高価なもの、いただいてもいいんですか⁉」

「なに言ってんだ。結婚記念日だから、いいに決まっているだろ」

「……う、うれしい、です！」

それは、ゴウンが廃嫡されてちょうど一年の月日が流れた頃のこと。

産まれたばかりの娘――マキの隣で、無邪気な子供のように言葉を交わすオルザール夫妻。ゴウンの活躍で実入りもよくなり、そのことによるサプライズの実行中だった。

特注品である、金細工のペンダント。

少しばかり値は張ったが、ナキの笑顔に勝る価値はないと思えた。

「でも、わたしが持っていたら失くしそうで怖いかな……」

「ははは！　たしかに、お前はしょっちゅう失くし物を探しているからな！」

「もう！　笑うことないじゃないですか!?」

ゴウンの反応に、頬を膨らませる妻。

ボロの家には、そんな夫婦の笑い声が響いていた。あまりに幸せな光景、幸せな時間。ゴウンの心は満たされていく。それはきっとナキも同じであった。

「分かった。それじゃ、これは俺様が預かっておこう」

「ふふ、そうしてください！」

懐にペンダントを大切に仕舞う。

そんな夫の姿に笑みを浮かべながら、ナキはふと玄関の方へと目をやった。ゴウンからはちょうど背中の向こう側であり、彼は不思議そうに首を傾げる。

「どうした」

「いえ、いまノックの音が……」

「こんな時間に？　分かった。俺様が出てくる」

彼女の言葉に、立ち上がって玄関へと歩くゴウン。そして――。

「おい、何時だと思って――」

突然に、終わりはやってきた。

「がっ……⁉」

「ゴウンさん！」

扉を開いた瞬間に、何者かに顔を斬りつけられた。

そして後頭部に一撃を加えられ、意識が遠のいていく。聞こえるのは悲鳴と、複数人の男が話す声だった。マキの泣き声も、次第に聞こえなくなってくる。

「な、なんだってんだ……？」

――どうなっている？

先ほどまでの幸せな時間から一転して、まるで思考が追いつかない。

ただ確かなのは、夢のような時間は夢に過ぎなかったこと。

そのことに気づくのは、目を覚ました時だった。

◆

「う、そだろ……？」

出血によって潰れた左目に苦心しながら、目を覚ましたゴウンが見た光景は、この世の終わりとも思えるものだった。

「…………ナ、キ？」

崩れ落ちる。

血に塗れ、目を見開いたまま息絶えるナキ。

胸を何度も刺されたのだろうか。いいや、そんなことはどうでもよかった。ただ現実として、彼女の死というものを突き付けられ、ゴウンは絶句する。

先ほどまで、嬉しそうに笑っていたのに。

いまでは、光のない眼で虚空を見つめている。いったい何が起こったのか、それを考えるよりも先に彼はナキの亡骸を抱きしめていた。もう間に合わない、戻らない熱をもう一度、と……。

しかし、当たり前のように、冷たいその身体。

「あ、あああ、あ、あ、あ、あ、あ、あああああああ…………！」

喉が震えて、自然に声が出た。

大粒の涙がこぼれ落ちていく。

「ナキ、ナキ……‼」

答えはない。

夜の街には一人の男の慟哭（どうこく）が、無情にも響き渡っていた。

◆

それから、数年の月日が流れた。

奇跡的に無傷だったマキを孤児院に預けて、ゴウンは冒険者稼業に明け暮れた。もはや何もかもを失い、現実を思い浮かべることさえ嫌になったのだ。

マキのことも、孤児院に預けたきりでその後はまったく知らない。

生きているのか、それとも死んでいるのか。

それは、ゴウンも同じだった。

「ふざけんじゃねぇ‼」

ギルドに怒号が響く。

あの日以来、ゴウンは荒くれ者と呼ばれるようになった。パーティーを力ずくで掌握するようになり、不平不満を口にする者には暴力を振るう。

それまで積み上げたものを、自ら壊していくようにして。

それもこれも、あの日のことを思い出さないようにするため、かもしれなかった。少しでも感情を後ろに向ければ、涙が溢(あふ)れてきてしまうから。

そんなことでは、冒険者としては生きていけないから。

いいや、そんなのは建前だった。

「俺様は帰るぜ！　——けっ、虫唾が走る」

彼は、心の内で泣いていたのだ。

いつも、いつも悲しみに暮れていた。

また、一人になったことへの苦しみ。それが永遠に続くのだ、と。

もう終わったと思っていた退屈な日々。続いていくと思っていた幸せな日々に、彼は多くの未練を残していた。だがもしかしたら、そんな思考すらできないのかもしれない。

ゴウンの心は、確実に死んでいっていた。

あの日以来、世界に色というものを感じたことがない。

最後に覚えているのは、ナキの身体に付着していた真っ赤な血の色だけ。それしか思い出せないのなら、もはやただの荒くれ者として、終わりを迎えたい。

ゴウンはいつしか、あやふやな頭でそう考えるようになっていた。

「…………」

だというのに、実力相応の評価を下すギルドからのそれは、実に正当なものだった。達成したクエストに応じて対価が支払われ、ランクも上昇する。気づけば堕ちるどころか、ギルドで最も高位の冒険者になっていた。

数多の犠牲の上に成り立つランクと揶揄されてはいたが、ギルドからすれば死者も出さずにクエストをこなす存在だ。重宝しないわけがない。

そして、今日もまた一日が終わった。

そうなればもう、家に帰って眠る。次の日が昇るまで。それだけだ。そんな日々を送る中で確実に彼の心は摩耗していった。しかし――。

「あ……？」

その日だけは、違った。

夜更けの街中で、一人の少女が月を見上げている。色素の薄い髪色に、未発達な身体つき。線の細いのは、成長に必要な栄養が足りていないからだろうか。継ぎ接ぎだらけの衣服から見るに、その少女は貧困層の出身だった。

「…………!?」

瞬間、ゴウンの視界が揺らいだ。

脳裏に浮かんできたのは、ナキとの思い出の日々。そして――。

「どう、して……」

彼は幻視した。

そこにたたずむ少女に、亡き妻の姿を。

そんなはずは、そんな偶然があってたまるものか。そう思うが、ゴウンにはもう少女に話しかける以外の選択肢はなかった。

「おい、お前……」

「え、僕です?」

「そうだよ。こんな夜中に、なにしてやがる」

きわめて無関心な様子を装って。

話しかけると少女は、その円らな瞳をゴウンに向けた。そこにはとても、言い切れぬ懐かしさがあるように思われる。しかし何度も、それは幻想に違いないと、自分に言い聞かせた。

そんな彼の心中を知らない少女は、にっこりと笑って、また月を見上げる。

「なんで、ですかね。僕って昔から、満月を見ていると落ち着くのです」

「………あぁ、今日は――」

そして、言われてゴウンも空を見上げた。

そこに浮かんでいたのは、漆黒を綺麗にくり抜く丸い月。いつの日だったか、ナキと共に見た日もあった。それを胸に必死に仕舞い込んで、ゴウンは再び少女に問いかける。

「おい、ガキ。帰る場所はあるのか」

するとと、彼女はこう答えた。

「あはは……。実は、住み込みの仕事をクビになっちゃって」

――いまはちょっとだけ、身寄りがないのです。

どうしたらよいのでしょうか、と。苦笑いをしながら、少女は彼に訊いてきた。もっとも、それを問われたところでゴウンには答えようがない。

なので、また少し話題を変えることにした。

「俺様はゴウン・オルザール。お前の、名前は？」

「あ、はい！　僕は――」

何気ない、そんな質問。

それに少女は、柔らかい笑みをもって答えた。


「マキ、っていうです！」――と。


心臓が、一瞬だけ動きを止めたような錯覚。

ゴウンは全身が震え上がるような、そんな感覚に襲われた。

「孤児院出身なのですけど、名前とこれ以外に手掛かりがなかったらしくて」

そして、そんな彼の変化に気付かず。

少女――マキが取り出したのは、

「そ、れは……！」

あの日、ナキのために作った――金細工のペンダントだった。

思い出すだけでも辛かった。だから、そのペンダントは幼い娘に持たせて、そのまま孤児院に置いてきたはずだった。それなのに、どうしてそれが――。

「………」

――ここに、あるのか。

そんな単純明快な解を導き出すのに、時間はかからなかった。

つまりここにいる少女はゴウンとナキ、二人の大切な……。

「う……！」

「ど、どうしたですか⁉」

「な、なんでもねぇ……！　それよりも、孤児院出身と言ったな？」

「は、はい……」

泣き出しそうになるのを、ぐっと堪えて。

ゴウンは顔を隠してマキに、静かに問いかけるのだった。

「お前は――」

一度、そこで言葉を切って。

「両親を、恨んでいないのか？」――と。

まるで、懇願するようにして。

それを受けたマキは、ほんの少しだけキョトンとしてからこう言った。

「んー……。どうなのでしょう？　たしかに、僕は孤児院でもずっと独りぼっちでしたし。そんな環境に置き去りにされたこと、恨んでないと言えば嘘になるかもですね」

「はっ、やっぱりそう――」

「あ、でもでも！　僕はこう思うのです！」

ゴウンの言葉を遮るようにして、月明かりに手をかざしながら。

マキは偽りない声色でこう口にするのだった。

「きっと、なにか事情があったはずですから！　そうでないと、こんな高価なペンダントを残してくれたりしないのです！　だから、僕はお父さんやお母さんに会えたら――」

最後に、彼に微笑みかけながら。

「いつか必ず、産んでくれてありがとう！　って、言いたいのです！」――と。


両親への理解と、感謝を。

ゴウンは、それを聞いた瞬間にハッとした。

「俺、様は……！」

拳を強く握りしめる。

自分は今まで、なんという間違いを犯していたのか、と。

守るべき者があったにもかかわらず、それを放棄してきた無責任さに唇を噛んだ。口内に広がる鉄の味も、その痛みも、許されるには程遠いものだった。

自分にしかできないことが、ここにあったのに。

ナキと自分のことしか、考えていなかった。

「…………なぁ、ガキ」

「ん、どうしたのです？」

――今ここで、名乗り出てしまおう。

そう考えた。

そうすればきっと、解決するはず。

そう思った。だがそこで、一つの不安が首をもたげるのだった。

「………」

——自分の娘だと、そう言われてマキは幸せなのか、と。

ゴウンはいまや、ギルドにおいて煙たがられる存在になっていた。そんな人間の娘だと、突然に告げられて、事実を知って喜んでくれるだろうか。

もしかしたら、拒絶されてしまうかもしれない。

その恐怖に近い心が、彼にいま一歩を、踏み出させずにいた。

「あの、どうしたですか……？」

そんなゴウンの異変に気付いたのか、マキは上目遣いに彼のことを見る。

その視線を受けて、ようやくゴウンが口にしたのは——。

「………あぁ、交換条件だ」

本心とは、遠くかけ離れたもの。

「交換条件……？」

「あぁ、そうだ。さっき、身寄りがないと言っていただろう？」

ニヤリと、自分を押し殺すように笑って。

「そのペンダントを預からせてもらおうか。そうすれば、俺様のパーティーに加えてやる」

あたかも、金銭目当ての汚い大人のように振る舞って。

眉をひそめて悩み始めるマキから視線を外し、月を見てゴウンは思うのだった。

こうすればきっと、どう転んでも娘に危害は加えられないだろう。ここで断られれば、もう過去を振り返らずに済む。ついてくるなら親だとは教えずに、自分が全力で守ればいい。

逃げだと理解していたが、この時のゴウンにはこれしかなかった。

そして、その結果は——。

「分かり、ました……！」

まさかの、満面の笑顔をもって受け入れられた。

「これから、お世話になるです！」

◆

血が止めどなく溢れていた。

治癒魔法をかけても、それは収まる兆しをみせない。ボクのそれでは、やはり力不足であると痛感させられる。もしもここに、マリンがいたなら、と思った。

「良いんだ、気にすんな。クレオ……」

「そんな！　あんな話を聞いて、無視できるわけがないじゃないですか!!」

彼は語ったのだ。

自分はマキの父親なのだ、と。

ゴウンはそれをひた隠しにして、不器用な自分なりのやり方で、娘のことを守り続けていた。そんな彼の最期がこんな結末であっていいわけがない。

ボクは必死に治癒魔法をかけ続ける。

それでも、もう少しのところで届かないのだ。

必要なのはきっと、天賦の才、とでも言うべきものかもしれない。

「お、父さん……？」

その時だった。

ふらり、マキが傍らにやってきた。

仰向けに倒れる父を見て、彼女は瞳に涙を湛(たた)えている。

「うそ……。やだよぉ、こんなの……！」

そして、ついに涙をこぼしてそう言った。

ゴウンのその厚い胸板に触れて――。

「これは……！」

その、瞬間だ。

マキから大量の魔力が流れ出しているのに気付いた。

それは間違いなく治癒魔法にある特有の流れであり、その量はきっとあのマリンにも匹敵する。

ボクはそう判断した直後に、マキの手に触れた。

「え、クレオ、さん……？」

「マキ。ゆっくり、ゆっくり深呼吸して……」

少女はきっと、その力に気付いていない。

だからそれの制御の仕方、使い方をボクが教える。補助するのだ。これでもボクは、魔力制御の実技でも2位だったのだから……！

◆

そして、ゆっくりゴウンの目が閉じられた時。

周囲に優しい光が満ちていった。

――数ヵ月が経過した。

今ではマキも、その内に秘めている治癒の力を使いこなしている。ボクのパーティーには欠かせない、専門要員として活躍中だった。

「準備は出来た？　――マキ」

「はい！　クレオさん！」

ボクが声をかけると、少女は満面の笑みを浮かべて駆け寄ってくる。

しかし、途中で振り返って手を振るのだ。

視線の先には、彼女の家。

その玄関先に立っているのは、優しい父親の姿だった。

「行ってくるです！　――お父さん‼」

「おう、気を付けてな！」

それはきっと、何気ない日常の光景。

それでもきっと、彼にとってはかけがえのない光景だった。

◆

「それで、まだクレオは見つかっていないのですね？」

「は、はいぃ。各国に調査団を派遣しているのですが——い、いや！　それでも、もうじきあの愚かな息子の行方も分かりましょう‼」

「………愚か？　愚かなのはダン・ファーシード、貴方だけでしょう」

「ひっ……⁉」

謁見の間にて。

クレオの父——ダン・ファーシードは、リリアナに詰問されていた。そこに年長者としての威厳などなく、なんとも無様な姿を晒（さら）している。

助けを請うように、同席しているリリアナの父——すなわち国王、ライアスに視線を投げた。だがしかし、髭（ひげ）を蓄えて難しい顔をした彼もまた、娘と意見は同じようだ。首を左右に振って、ダンの醜態に大きなため息をついている。

控える大臣たちも、助け舟は出さない。

まさしく四面楚歌(しめんそか)といった感じに、ダンの顔から血の気が引いていった。

「もう少し、もう少しだけ！　いま少しだけお時間を！　このダン・ファーシード、公爵家の誇りにかけてクレオを見つけ出してみせましょう‼　……だから、そのぉ……取り潰しだけはぁ……」

その言葉尻の情けないこと、この上なし。

今にも泣き出しそうになりながら、クレオの父は大きくうな垂れた。

そんな彼の姿を見て、呆れたようにリリアナはため息をつく。額に手を当てて、頭痛を必死にこらえていた。無能を相手にするのは本当に疲れる、と。

「分かりました。それでは――」

これ以上は話しても無駄だろう。

そう考えた王女は、ダンに退席を命じようとした。その時である。

「おーっほっほっほっほっほ！　わたくしに、お任せいただけないかしら！」

「げ……」

甲高い笑い声と共に、一人の少女が謁見の間に入ってきたのは。

色素の薄い髪を左右でまとめ、強めに巻いている女の子だった。高飛車な性格をよく表すように吊(つ)り上がった目には、金色の光が宿っている。

背丈はリリアナと大差ないが、決定的に違うのはその身体の成熟具合だろうか。

そんな相手を見て、王女はさらに眉をしかめて言った。

「はぁ……。貴女は関係ないでしょう、マリン？」

それを受けて、闖入者である少女――マリンは、ニヤリと笑った。

「関係ないことありませんわ？　婚約者が行方不明となれば、わたくしが公爵家に協力するのも自明の理、というところでしょう」

「誰が、誰の婚約者ですか。まったく……」

「言葉にしなければ分かりませんか？　わたくしと、クレオ――」

「王家はそれを認めていません。口を慎んでください」

「ふふふん？　ずいぶん、余裕がない様子ですわね、王女様？」

「………」

そして、そんなやり取り。

リリアナは大きく呆れて、またも大きなため息をついた。気持ちを切り替えるように目を閉じて、ゆっくりと眼差しをマリンという名の少女へ向ける。

「それで、マリンはファーシード公爵に協力したい、と？」

「いえ。ダン公爵のことはどうでも良いのですが、クレオの行方が気になって気が気でなかった、というのが本音ですわ」

「なるほど……。それで、当てはあるのですか？」

なんとも歯に衣着せぬ少女たちの会話に、とうとう涙を流すダン。

しかし、そんな彼に気など割かずにマリンは宣言した。

「灯台もと暗し、ですわ。あとは、わたくしにお任せを。そう、この——」

大仰に両手を広げて一回転し、ポーズを決めて。

「新時代の聖女と呼ばれる、わたくし——マリン・シンデリウスに！」

それを見て、また一つ。

大丈夫なのかコイツ、といったため息をつくリリアナであった。

第3章　異世界からの訪問者、その末路。

ある日、ギルドでの出来事だった。

「え？　ダンジョンの中で、魔物が大量発生している……？」

談話室でくつろいでいたところ、ギルドの職員の一人に声をかけられたのである。曰(いわ)く、昨今のダンジョンでは過去に類を見ないほど、強力な魔物が跋扈(ばっこ)しているらしい。

「それで、ボクたちのパーティーに白羽の矢が立った、と？」

「えぇ、そうなのです。あのゴウンさんを倒したことで、クレオさんの名は王都に轟(とどろ)いています！　新進気鋭の実力派パーティー、そのリーダーという風に!!」

「そんな、買い被りすぎですよ……？」

ギルドの職員さんは、やけにボクたちのことを持ち上げてくる。

たしかに、ボク以外は特別な才能の集まりだった。魔法の才に溢(あふ)れるキーン、洗練された剣技で見る者を魅了するエリオさん、そして最後に、まだ粗削りだけど治癒師としての可能性を感じさせるマキ。

それでも、ボクは平々凡々。

何かに秀でたエキスパートではない。

なぜかリーダー扱いされているけれど、勘違いしたくはなかった。だから胸の奥で複雑な気持ちが生まれながらも、ひとまず否定の言葉が口を突いて出るのだ。

「いえいえ、買い被りなどではありません。何はともあれ、この依頼はギルドからの指名によるものです。特別な報酬として、望むものが必ず与えられますので！」

「はぁ……。とりあえず、みんなに確認を取ってみますね？」

「よろしくお願いいたします！」

しかしながら、相手も引かなかった。

とりあえずこの話は、一人で決めるわけにもいかないだろう。泊まっている宿に一度帰還して、ほかのみんなに相談しなければ。

そう考えてボクは、談話室から出ようとした。

「だから、何度も説明しているだろう⁉」

「……ん？　なんの騒ぎだろう」

その時だった。

受付の方から甲高い、男性の叫びに近い訴えが聞こえてきたのは。見れば何やら人だかりができており、野次馬の人たちは口々に何かを話していた。

「ここはなんという国なのだ⁉　ガリアなどという、バケモノが現れる国など聞いたことがない！　そもそも、どうしてニホン語を話しているのに、ニホンを知らないのだ‼」

そんな会話さえも遮るように、男性は声を張り上げる。

しかし、誰もがその内容に首を傾げてしまった。彼が語った内容は、通じるようで通じないもの。たしかに言葉としては理解できるのだが、どうにも嚙み合わないのだ。

「わ、私は信じないからな！　こ、このような世界が、あっていいはずがない‼」

やがて、男性は顔面蒼白で逃げだす。

ひどく痩せこけた人だった。もしかしたら、ろくに食事もとれていないのではないだろうか。そう思わせるほどに、不健康そうな体軀をしていた。無精ひげを生やし、白いローブのような衣服をまとっている。その下には、どこの民族の衣装か分からない服を身に着けていた。

彼は出入口付近にいたボクの方へとやってくる。

「あ、すみませ――」

ぶつかりそうになったので、とっさに謝りながら身をよける。だが、男性はこちらに目もくれずに、かなり動揺した面持ちで走って行ってしまった。

「なんだったんだ……？」

その後ろ姿を見送ってボクは、思わず呟く。

何はともあれ、いまは宿に戻ってみんなに相談しよう。そう考えるのだった。

◆

――男は走っていた。

なにもかもが、信じられなかった。

まさか生物の実験中に意識を失って、目を覚ました時には知らない世界に立っていようとは。

「し、信じない……！　私は、そんな非科学的なこと……!!」

街から離れて、彼は森の中をさまよう。

自分のことを奇異の目で見てくる人々の中にいるなど、できなかった。頭がおかしくなりそうだったから、もうこれ以上は誰ともかかわりたくなかったのだ。

それでも、どこかに身を寄せなければならない。

せめて雨露をしのげる場所を見つけて、最低限度のものでも生活をしなければ。

「そもそも、なんなのだ！　――夢の中に出てきた女は！」

息も絶え絶えに、男は恨み言のように口にした。

「私に特別な力を与える……？　生物学者だから、これがいいだろう……!?　――なに一つとして、理解ができない！　そもそも、私はどうすればいい⁉」

誰か教えてくれ、と。

男性は泣きそうな声でそう漏らした。

「私の居場所は、どこにあるのだ……？」

そして次に出たのは、そんな言葉。

大きな木にもたれかかって、枝葉で隠れた狭い空を見上げて。彼は虚ろな視線を漂わせた。

「────っ⁉」

その時、木々の隙間から何かが姿を現す。

それはまさしく、彼がこの世界にきてから目の当たりにした非現実的な生物だった。猪のようでありながら、あまりに大きなその身体。そんなバケモノが一体ではない。

何体も、男性を取り囲むようにして存在していた。

「く、くるな……⁉」

尻餅をついて、声を震わせる。

直後──誰にも届かない悲鳴が、森の中に響き渡った。

◆

――数日後。

ボクたちのパーティーは、ダンジョンの中にいた。

場所は最下層付近。以前よりも強力な魔物が出現すると噂になっている、調査対象に指定されたところだった。キーンたちに相談したところ、他に対応できる者がいないのであれば、自分たちが動くべきだろう、という話に落ち着いたのだ。

「それにしても、たしかに以前よりも強力な魔物が出てくるね」

「ですね。同じ種族でも、より強い個体になっている気がします」

一体の魔物を討伐して、ボクが思ったことを口にする。

それに同意するキーンは、魔力を調整しながら周囲を見渡した。

「エリオ！　そっちはどうだ？」

そして、少し高い位置にいるエリオさんに向かって声をかける。

切り立った崖のようになった場所に、マキと共に立っている彼女は顎に手を当てて、しばし思案した後にこう返事をした。

「あぁ、少しばかり気になることがある！　今から、そっちに戻る！」

「二人とも、気を付けて戻ってきてね！」

「はいなのです！」

ボクが言うと、緊張した面持ちで答えたのはマキ。

まだまだ、この階層での行動に慣れていない彼女には、あまり無理をさせられない。別行動をする際には必ず、エリオさんかボクのように、近接戦の得意な仲間がついて行く必要があった。それに長時間ここにいるのは得策でないとも思われた。

したがって今日の調査はこれくらい、というところだろうか。

「ねぇ、キーンはどう思う？」

そう考えてボクは、エルフの青年に意見を求めた。

「そうですね。今回、分かったことはギルドからの情報以上のことはなかったかと。あとは、エリオとマキが言っていた、気になること、というのが何なのか次第ですかね……」

「だよね……。とりあえず、今日はお疲れ様――っ！　キーン、さがって!!」

「なっ……!?」

その最中だ。

ボクは周囲の異変に気付き、彼に指示を出した。

「こんなことって、あるのか!?」

そして目の前で起きたことが信じられず、思わずそう口にする。

なぜなら、倒して魔素に還ったはずの魔物が――。

「そんな、再生している⁉」

キーンが叫ぶ。

彼の言うとおりだった。倒したはずの魔物――今回はアークデイモンだった――が、まるで時間を戻すかのようにして復活したのだ。巨大な、筋骨隆々の悪魔は、咆哮を上げ襲い掛かってくる。

想定外の事態に、キーンは魔法の詠唱が遅れてしまう。

「くっ……！　それなら――」

ここは、ボクが対応するしかない。

剣を抜き放って青年を守るようにして、悪魔の前に立ちはだかる。丸太のように太い腕を振り下ろされるが、どうにか受け止めた。その隙に、威力は下がるが無詠唱魔法で相手を牽制する。

「キーン、今のうちに！」

「は、はい！」

軽い【ファイア】をアークデイモンの腹に撃ち込んで、キーンに指示を出した。この魔物を倒すのであれば、それなりの威力を持った魔法が必要だ。

ボクにもできないことはないが、詠唱にはある程度の時間がかかる。

「こっちで時間を稼ぐから、お願い！」

だとしたら、ボクのやることは決まっていた。

魔物の腕を振り払い、魔法で多少の傷がついた箇所を狙って、蹴りを加える。ダメージはあまりないが、体勢を崩したアークデイモンは数歩下がった。

そのことを確認して、ボクは足を踏ん張らせて距離を詰める。下から打ち上げるようにして、魔物を斬り付けた。

血が噴出し、しかし絶命はしない。

やはり決定打となるのは、キーンの魔法ということだろう。

「キーン！」

「大丈夫です。下がってください！」

ボクが声をかけると、彼はハッキリと言った。

背中にしっかりとした魔力の高まりを察知しながら、後方へと飛びすさる。すると——。

「爆発しろ——【エクスプロージョン】!!」

その直後に、キーンの魔法が炸裂（さくれつ）した。

爆炎に包み込まれ、二度目の断末魔の声を上げるアークデイモン。

そして再び魔素となるのを確認してから、ボクたちはホッと息をついた。互いにケガはないかと顔を見合わせて、ひとまず得物を仕舞う。

「なん、だったんでしょうか……」

「分からない。でも、見間違いじゃなければ、生き返った——ってことだよね？」

ボクが言うと、キーンは口を噤（つぐ）んだ。

事実だが、何よりも先に『信じられない』という思いなのだろう。信じられないのは、ボクも同じだった。少なくとも、冒険者になって初めて見る現象だ。

「どうした？　二人とも」

「あ、エリオさん」

冷や汗をかいているボクたちを見て、戻ってきたエリオさんが不思議そうに首を傾げる。その後方には、キョトンとした顔のマキもいた。

ボクはひとまず、今起きたことを簡単に説明する。

「魔物が、復活した……？」

するとやはり、にわかには信じられないといった風に顔を見合わせる二人。ボクとキーンも、実際に目の当たりにしたにもかかわらず、半信半疑なのだ。この反応が普通だろう。

それでも、ボクには他に気になることがあった。

「ところで、エリオさんが見つけた『気になること』って、なに？」

「あぁ、それなんだけど。あの崖から、最深部を覗き込めたんだ。そしたら――」

「そしたら？」

「……見たことのない、変な装置が並んでいた。真新しく、傷もなく稼働していることから、少なくとも以前からあったものではないと思う」

それを聞いて、今度はボクとキーンが顔を見合わせる。

いったい、どういうことなのだろうか、と。

「でも、とりあえず。今日はここまでにしておこう。これ以上は――」

――危険すぎる、と。

そう言って、帰還を提案しようとした時だった。

「クレオさん、後ろです‼」

「えっ⁉」

マキが、声を上げた。

驚きながらも振り返ると、そこには……。

「嘘、だろ……？」

キーンが思わず、そう口にする。

ボクも同意見だった。なぜならそこには、またもアークデイモンの姿があったのだから。魔素が消えてなくなっている。ということは、また、復活したということ。

ボクは剣を構えて、メンバーに指示を出した。

「みんな、撤退だ！」

意見は訊くまでもなく一致していたらしい。

ボクたちはアークデイモンを牽制しながら、ダンジョンから逃げることにしたのだった。

◆

──男は機械の前で、大きく口元を歪めていた。

まさか動物実験の知識が、このようなところで役に立とうとは、と。そして彼にとって幸運だったのは、自分より過去に前任の者がいた、ということだった。

魔物たちは自分を見て、媚び諂ったのだ。

おそらくは過去、同様に異世界からきた者によって刻まれた遺伝子レベルの忠義。魔物たちによってダンジョンへと誘われた男は、そこにあった手記を見てすべてを理解した。

魔物という存在を創り出したのは『魔王』と呼称された者、すなわち──。

「前任者に、違いない……！」

時間という概念が、いかように歪められているかは分からない。

それでも確かだったのは、自分と似たような境遇の者が、世界への復讐を果たそうとした。そしていつしか、その在り方は魔の王として扱われるようになった、ということ。

手記は途中で朽ち果てている。

それでも、残された物と知識だけで、男には十分だった。

「私のやるべきことは、これで決まった……！」

――何もかも、壊してやる。

どうせ自分に行き場などなかった。ある日、突然にこの世界に投げ棄てられた。そして、居場所がないのなら、自分で作りだせばいい。

それこそ、前任者のように。

魔物を操り、すべての人々を平伏させ、そして――。

「くっ、くくくく、くはははははははははははははははははっ！」

あまりに孤独な、乾いた笑い。

そんな一人の科学者の声が、ダンジョンの奥底に響き渡った。

◆

――一週間が経過した。

あれから何度か様子を見に行ったけど、ダンジョンの内部の異変は収まっていなかった。むしろ状況が悪化している、と言った方がいい。

強力な魔物たちは日を追うごとに、浅い階層にも姿を現してきている。

「それも、同じように再生する――か」

ボクは他の冒険者の人から聞いた内容を確認しながら、そう漏らした。

幸いなことに魔素の薄い地上に近くなるほど、魔物は生命力が低下していく。つまりは弱体化するのだけれど、しかしいつ魔物たちが溢れ返るか分からなかった。

なるべく、早急に対応しなければならない。

「とりあえず、今日は宿に戻ろうかな……」

ギルドでの情報収集を終えて、ボクは外に出た。すると、

「あ、クレオさん！　やっぱり、ここにいた！」

「あれ、キーン？　今日は休みだから、王都立図書館に行くって言ってなかった？」

キーンが少し息を切らしながら、声をかけてきた。

「あぁ、たしかに行って勉強していました。でも、そこで噂を耳にしまして……」

「噂……？」

ボクが訊き返すと、彼は一つ息を整えて頷く。

「そうなのです。実は魔物を操りし者――いわゆる魔獣使いが、最近になって王都の郊外に一人で住んでいるらしくて。もしかしたら、何かの手掛かりになるのでは、と」

「最近になって現れた、魔獣使い――か。たしかに、気になるね」

たしかに、キーンの言うことが本当なら、無関係とは思えなかった。しかもキーン曰く、その魔獣使いはギルドにも所属していないらしい。それが、ますます怪しく思えてしまった。

もし仮に無関係でも、このダンジョンの魔物の問題について何かしらのヒントを得られるかもしれない。だとすれば、善は急げというやつだろう。

「それなら、今から行ってみようか！」

ボクが言うと、キーンは大きく頷いた。

◆

そこには、独特の空気が漂っていた。

重い、という風に表現すればいいのだろうか。獣臭く、思わず眉間に皺（しわ）を寄せてしまう。鬱蒼（うっそう）と生い茂った木々によって、木漏れ日もまともに差し込まない、薄暗い空間。申し訳程度の道ができていなければ、確実に迷ってしまっていただろう。

――こんなところに、人が住んでいるのか？

口には出さないものの、ボクはそう考えてしまった。

貴族から冒険者になってしばらく経つ。最初は雑然とした環境に悩んだが、それも人間が生活する上で、という前提があった。しかし冒険者の暮らしに対して、ここは別格。

そもそも、だ。おおよそ人が暮らしていける状態ではない。

そんな場所に暮らす人物とは、どれだけ浮世離れしているのだろうか。いよいよ見えてきた小屋に、ボクの心は思わず怖気づいてしまった。

ここまで無言を貫いていたキーンも、ついに重い口を開く。

「ここ、ですね」

「うん……」

短い確認の会話。

呼吸をするのも辛い、そう思ってしまうのだ。

「それじゃ、行くよ？」

でも、ここまで来たのだから引き返すことはできなかった。

同時に、早く要件を済ませて立ち去りたいという気持ちもある。小屋の前でボクは、キーンに短く確認を取った。すると彼は、ついに発言する力も失ったのか、ゆっくりと首を縦に。

ゆっくりと息を吐き出してから、ボクは小屋の扉をノックした。

「あの、すみません！　誰か、おられませんか！」

人の気配はない。なかった、はずだった。

「………だれ、だ」

しかし、扉はゆっくりと開いた。中から出てきたのは――。

「あれ、貴方はあの時の……？」

記憶が確かならその人は、先日ギルドの受付で揉めていた男性だった。

あの時よりもさらに痩せこけた顔をして、無精ひげはそのまま。目の下にできたクマは、寝ていないことの証明なのかもしれない。白い上着も、様々な汚れがついており、異臭を放っていた。

そんな男性はおもむろにこう言った。

「私は、魔王になる」

「え？　いま、なんて――」

「私は魔王になる、と言ったのだ。そして、貴様らに思い知らせてやる」

「ま、待ってください⁉　全然、話が見えてこないんですけど――」

ボクは扉を閉めようとする男性に対して、抵抗するように細い腕を掴んだ。すると彼は目を大きく見開いて、嫌悪感をむき出しにして叫ぶ。

「うるさい、うるさい、うるさいうるさい⁉　私に触れるんじゃない‼　私はどこまでいっても一人だ。いつも誰にも理解されなかった。ここでも同じだ‼」

「な、ちょっとだけでも話を――」

「貴様たちは私を排斥した！　敵であると、そう言ったのだ！　報いを受けろ‼」

その直後ボクの手は振りほどかれ、扉は閉められた。

中からは男性の荒れ狂った声だけが聞こえてきて、言いようのない恐怖に駆られる。とても正常とは言えない男性の言葉と行動に、ボクは思わずキーンを見た。

そして、気になることを確認する。

「ねぇ、キーンも気づいた？」

「はい。小屋の奥にあった装置のこと、ですね」

彼の言葉に、ボクは頷いた。

今の口論にも近いようなやり取りの最中に、男性の後方にある物を確かに見たのだ。それというのも、エリオさんとマキが、ダンジョンの最奥で見たという装置。

それによく似ていると思われるものだった。

「あと、魔力の流れがおかしかったね。あの装置に向かって、不自然に多くの魔力が流れ込んでいっていた。少なくとも、常人で扱える範疇を超えていたよ」

「同じ意見です。あの男性はほぼ間違いなく、今回の一件の関係者だと思います」

「これは、帰ってから色々調べないといけないね」

「はい」

ボクとキーンは、そう確認を取ってからその場を去る。

その途中で一度振り返り、名前も知らない男性のことを考えた。さっき彼が叫んでいたことは、いったいどういう意味なのだろうか、と。

そして、今の彼はもしかしたら、誰にも認めてもらえずに苦しんでいるのではないか、と。

◆

「はぁっ、はぁっ……！」

男はクレオたちが帰ってから、血眼になって装置と向かい合っていた。前任者が残した遺産——魔物を従え、その力を増幅させるもの。もちろん、最初に見た時はどのように使うか分からなかった。しかし、手に触れた瞬間に、前任者の記憶が流れ込んできたのだ。

魔物の生態や、その成り立ち。

身体構造から魔素の構造まで、そのすべてが。

「これが、私に与えられた力……！」

だが、男は気づかなかった。

自分がすでに、最初の目的を見失っていることに。

「これがあれば、私は魔王になれる……！」

本当はただ、寂しかっただけのはずなのに。

知らない世界にやってきて、誰も自分を知らない世界で、孤独に苦しんでいただけなのに。抑圧された感情があらぬ方向に投げられ、暴走を始めていた。

もしかしたら、これが彼をこの世界に導いた者の思惑なのか。

誰にもそれは分からなかった。

「くっ、くくくくく、くはははははははははははははははははははっ！」

男は笑う。

目を見開いて、壊れたように、装置の完成を急ぐ。

もはやそこに理由など必要なかった。

◆

調査をしてみた結果、やはり魔力の流れに異変が起きていた。

あの男性の小屋で一つにまとめられた魔力は、ダンジョンの入り口に向かっている。原理は分からないが、それと最奥の装置、二つに因果関係がないと言い切るのは難しい。

「ここまできたら、あとは本人に訊いてみるしかないのだけど……」

ボクは書類に目を通しながら、ため息をついた。

あれから何度か小屋へ向かったが、会ってすらもらえなかったのだ。

「実力行使、っていう手もあるけど。それは、少し気が引けるし……」

ギルドから、手段諸々については一任されている。

しかしながら、あまり力に訴えるのも良いとは思えなかった。何よりも、あの日見た男性の悲しそうな表情――孤独で仕方がないと、言いたげなそれ。

ボクはなるべく話し合いで解決したいと思っていた。

でも時間が少ない。魔物は、こうしている間にも勢力を増しているのだから……。

「とりあえず、みんなの意見も訊いてみよう」

困ったときは、仲間に相談だ。

ボクは決して一人ではないのだから、抱え込む必要はないだろう。そう思って、宿からギルドへ向かおうとした時だった。

『――王都ガリアの民に告ぐ！』

大きな声が、街全体に響き渡ったのは。

「え、なんだ。これ……⁉」

周囲の人々にも聞こえているらしく、みなが何事かと周囲を見回す。しかし、声の主の姿は見当たらなかった。どのような技術なのかは分からない。

それでも、この声には聞き覚えがあった。

『私は、次期魔王――タカミヤ・ソウタである！』

間違いない。

あの小屋に住んでいる、魔獣使いの声だった。

魔力の流れは感じられない。だが何かしらの力を使って、彼は声明を発している。

『私は異世界からやってきた。この世界を混沌（こんとん）の渦へと導くために！　そして、この世界の支配構造を作り替え、すべてをこの手の中に！』

理解不能な言葉が並ぶ。

しかし男性――ソウタの声明。それは、要約するとつまり――。

『私はここに宣言する！　私が、この世界を支配する、と‼』

この世界に対する、宣戦布告、そのものだった。

世界を混沌に導いて、自分は魔王としてそこに君臨する。めちゃくちゃで、何を言っているかは分からないが、つまりはそういうことだった。世界に対する反逆と取れる好戦的な言葉の数々に、思わず気圧(けお)されてしまう。だが、立ち止まっている場合ではない。

「クレオさん！　やっぱり、ここにいた！」

「キーン！　それに、エリオさんにマキも！」

ギルドに向かおうとした時、背後から仲間たちに呼び止められる。

「大変なのです！　いま、ダンジョンから！」

慌てた様子でマキがそう叫ぶ。たどたどしい彼女に代わって、エリオさんが言葉を引き継いだ。

そして、告げられたのは考え得る中で最悪の事態だった。

「――ダンジョンから、魔物が溢れ出している」

次いで聞こえたのは、人々の悲鳴。

轟音(ごうおん)と共に、警鐘が鳴り響く。

「とりあえず急ごう！」

ボクの言葉に、みんなは頷く。

そして、一直線に騒動の起きている場所へと向かうのだった。

◆

王都の門までやってくると、そこにはすでにバリケードが張られていた。それでも完全なものではない。したがって数名の冒険者が前線に出て、魔物を迎撃していた。

ボクたちも即座に飛び出して、加勢する。

「くっ……！　この数は、なんだって！」

想像以上に魔物の数は多かった。

しかも、迫りくるのは本来なら最下層付近にいるべき魔物ばかり。王都の目の前に、レッドドラゴンやアークデイモン、さらにはレライエなんて、とてもじゃないが笑えない。

キーン、そしてエリオさんなら対応は可能かもしれない。それでも、この量を相手にするのであればせめてもう一人、強力な助っ人が必要であると思われた。

だが、いまこの場で頼れる人なんて――。

「オラアアアアアアアアアアアアアアアア！」

「え、この声は⁉」

豪快な声。

それとほぼ同時に、大地を抉るような音が聞こえた。魔物の断末魔の咆哮に、他の冒険者の歓声が入り混じっている。

ボクは声の聞こえた方向を見て、納得した。

そうだった。彼がいたじゃないか、と。

「ゴウンさん！」

そう。マキの父親であり、この王都の中でも屈指の実力を持つ冒険者――ゴウン・オルザール。

巨大な戦斧を振り回した彼は、次々に魔物たちを屠っていく。

ボクの声に気づいたのか、彼は一度手を止めた。

「おう、クレオじゃねぇか」

魔物の勢いもある程度、波が引いたらしい。

ゴウンさんはこちらに駆け寄って、ボクの背後にいたマキを見た。

「マキもいるのか……。あまり、無理はしてほしくないんだがな」

「お父さん！　僕も立派な冒険者なのです！」

そして思わずポツリと本音を口にすると、娘であるマキは不服とばかりにゴウンさんのことをポカポカと叩く。父親は苦笑いしながら、娘をなだめるのだった。

「分かった、分かったって！　しかし――」

次いで他の冒険者が戦っている方を見て、眉をひそめる。

「これは、いったいどういうことなんだ……？」

「…………」

そんな当然の疑問に、思わず沈黙した。

どうしてこうなったのか。その原因の一端を知っていたが、ここでそれを告げても良いものか、判断がつかなかった。

「ゴウンさん、お願いがあるんです」

「お願い……？」

だから、ボクは切り出す。

「理由は聞かないでください。ただ――」

◆

冒険者たちは、あまりに強力な魔物の群れに戦いていた。

その中でも普段そこまで深い階層に潜らない新米は、あまりの事態に膝から崩れ落ちる。完全なる、戦意喪失状態だった。

「こ、こんなの……！」

——死にたくない。

そんな、心の声に支配されそうになっていた。

冒険者になったのも、簡単に金を稼げると思ったから。ダンジョンの奥まで行かなくとも、それなりの金にはなった。もとより、そこまでの向上心を持って冒険者稼業に身を投じている者は、決して多くはない。

だから冒険者による臨時の前線はいま、崩れ去ろうとしていた。

その時だった。

「てめぇら、家族が王都にいるんじゃねぇのかッ!?」

そう、若者たちを叱咤（しった）する声があったのは。

冒険者はみな、その声のした方へと視線を投げた。するとそこにいたのは、大きな体躯の冒険者と一人の少女。そして赤髪の女剣士に、エルフの魔法使い。

その中でも最年長の冒険者――ゴウンは、戦斧を掲げてこう叫ぶのだ。

「家族を守りてぇなら、戦え！　そうじゃねぇなら、逃げろ！」

得物を構えて、魔物の群れに向かって駆けだす。そして、一番手前にいた一体を真っ二つにしてから、最後にこう告げたのだ。

「すべては『自分で決める』んだ！　それが――」

大きな背中を、みなに見せながら。


「冒険者、ってもんだろうが!!」


静寂に包まれる。

しかし数秒の間を置いたのちに、一人の新米冒険者は立ち上がった。震える手で剣を握りしめ、一歩、また一歩と前へと進む。

そして、声を張り上げた。

「いくぞぉぉぉぉぉぉぉぉぉぉぉぉぉ!?」

それが、契機となった。

多くの冒険者が、ゴウンの言葉に奮い立つ。先ほどまで停滞していた人の波が、一気に魔物へと向かって流れだす。その様子を見ながら、ゴウンはニッと笑みを浮かべた。

マキは後方から、そんな父を見て頷く。

「僕は、僕にできることをするです！」

自分にできるのは、みんなの傷を癒すこと。

少しでも力になれるのであれば、それは大切な人を守るために使いたい。

「行くぞ、マキ！」

「はいです！　お父さん！」

ゴウンの掛け声に、娘は答えて駆けだした。

「やれやれ。二人とも、意外と熱血な感じだったんだな」

「ふっ……。まぁ、いいじゃないか」

その後ろ姿を見送って、キーンは思わずそう漏らす。

エリオはそんな青年の言葉に笑いながら、しかし前を向いた。

「それじゃ、アタシたちも行くとしようか！」

「あぁ、そうだな！」

彼女の言葉にキーンは頷き、魔法の詠唱を開始する。

同時に青年は呟くのだ。

「そっちは任せましたよ――クレオさん！」

◆

ダンジョンの中は、騒然としていた。

あらゆる階層に強力な魔物が、魔素の濃さによる個体差もなく出現する。ボクはその中を素早く移動し、魔物をかく乱しながら奥へと突き進んだ。

魔力の流れから、彼――ソウタが、ダンジョンの最奥にいるのは間違いない。

彼とはもう一度、できるなら一対一で会話がしたかった。

「それにしても、キツイな……！」

どうにか最下層付近までやってきたが、さすがに体力の消耗がある。

汗を拭って呼吸を整えようとしても、次から次へと魔物が襲い掛かってくる現状では、とても落ち着くなんて無理難題だった。

レッドドラゴン、アークデイモン、レライエ、その他にもヒュドラやゴレム。魔法が弱点のものもいれば、魔法に完全な耐性を持つものもいた。

そう考えると、ボクが適任なのは確実だっただろう。

魔法に完全な耐性を持つレライエには、剣技で。そして、物理攻撃に対して圧倒的な耐性を持つゴレム——中でもダイアモンドゴレムには、魔法で対抗せざるを得なかった。

器用貧乏もここまで来たら、便利なものだ。

魔物には当然、様々な種類のものがいる。本来ならそれぞれのエキスパートが、適材適所で対応する魔物に当たる。しかしこのような事態では、話が別だった。

ボクは剣を振るい、レライエの骨を砕き、一つ息をつく。

そして——。

「……ホントに。いろんな分野で2位だっていう、情けない結果がここで役に立つなんてね」

魔物の真っただ中で、そう漏らした。

そう、ボクはあくまでも2位にしかなれなかった。

2位にしかなれなかったから、父にはちっとも認めてもらえなかった。

「誰にも、認めてもらえなかった、か……」

そこでふと、ボクは奥にいるソウタのことを考える。

彼も同じようなことを言っていた。自分は誰にも認められなかったのだ、と。

事情は詳しくは分からない。それでも、彼の魔獣使いとしての能力は本物だろうと思われた。ボクも学園の生物学で2位だったから、ある程度は分かる。これほどまでに、人間に対して従順な魔物など見たことがない。

「それなのに、彼は——」

誰にも、認めてもらえなかった。

それってきっと、本当に悲しいことだ……。

「………」

襲い掛かるヒュドラの厚い皮を切り裂き、レッドドラゴンの首を刎ねる。魔素へと還った魔物たちはしかし、一定の時間で再生する。戦闘に集中しなければならないことは分かっていた。

だけどボクは、剣を振るいながらある決意を固める。

必ず、彼のことを——。

「そのためにも、ボクは彼と話さないといけない！」

一直線に走った。

最速最短で、ソウタのいる場所に向かって。そして、

「ここが……」

ついに、たどり着いた。

「ようこそ。魔王の悲願を阻止せんとする勇者よ！」

「タカミヤ・ソウタ……」

——ダンジョン最奥。

そこには、巨大な円形の空間が広がっていた。

ボクの立つ位置からちょうど反対側に、ソウタが本を手にたたずんでいる。その後方には忙しく稼働する装置が数台。やはり、彼の小屋にあったそれと同じものだ。

異なるとすれば、その大きさだろうか。

小屋にあったものと比較して、一回りから二回りは大きな装置だった。

「まさか、キミのような少年が私のもとにたどり着くとは思ってもみなかったよ。しかし、ここまで一人できたということは、その実力——本物だと認めざるを得ない」

悠然とした態度で語るソウタ。

その表情は嬉々とし、しかし同時に違和感に満ちていた。

「ソウタさん。ボクは貴方に訊きたいことがあります」

そんな彼に向かってボクは一度、剣を下げて語りかける。こちらの様子を確認して、ソウタは面白いものを見ているように口元を歪めて答えた。

「いいだろう。なにが、聞きたい？」

大仰に両腕を広げて。

陶酔した様子の相手にボクは、問いかけた。

「貴方は、誰かに認めてもらいたかったのではないですか？」

そう、諭すように。

「………………」

するとソウタは、瞬間だけ不快そうな表情を浮かべたのちに笑った。そして――。

「あぁ、せっかくだ。キミには聞かせてあげよう」

腕をだらりと垂らし、話し始めた。

異世界――ニホンでの、彼の物語を。

◆

高宮宗太は、どこにでもいる平凡な大学生だった。

ただ一点だけ例外を挙げるとするならば、生物実験にある種の快楽を見出していたこと。その執着はすさまじく、他の学生が帰宅した後にも実験に明け暮れるほどだった。

だがそれは宗太にとっての普通であり、理念に沿ったもの。

彼の中にはあったのだ。生き物たちの命を借りてでも成し遂げたい願いが。その願いの根本は、遠く、幼少期にまでさかのぼる。

「おばあちゃん、どうして死んじゃったの……？」

大好きだった、祖母が死んだ日。

宗太はまだ五歳だった。

「ねぇ、どうしておばあちゃんは、目を覚まさないの？」

死は辛うじて理解ができた。

されども、どう向き合えばいいのかが、分からなかったのだ。

少年は何度も、何度も両親に訊いた。どうして祖母が亡くならなければならなかったのか、その理由を。しかし両親は答えず、ただ少年を抱きしめるのみ。

だが、のちに宗太は知った。

「癌（がん）、ってやつが悪いんだ」

祖母の身体を蝕（むしば）んだ病の、その正体を。

それを撲滅せねばならないと、宗太がそう思うまでに時間はかからなかった。しかし、医学の進歩はあまりに遅すぎる。どうしても、近道を使おうとすれば倫理の壁が邪魔をした。

人体実験はできない。

そうなれば、あとは動物実験しかない。

「まだだ。このような成果では足りない……！」

大学生になった頃、彼の中には悪魔が住み着いていた。

始まりを忘れてしまった宗太は、一人の悪魔と化していたのだ。己の目的のためなら、他のものの視線や評価など関係ない。

少年時代の純粋な気持ちなど消え、ただ成果のためだけに実験を行う。

「誰も私の崇高な志には、ついてこられない！」

大学時代を経て、誕生したのは一人の科学者だった。

もっとも、学会などには所属せず、独自の研究を続ける存在ではあったが。それでも、彼には常に迷いがなかった。生き物の体内構造を理解し、分析し、分解、再構築。

ついに彼は、一度死んだ生物を蘇生させることに成功した。

「でき、た……！　ついに、成し遂げた！」

それは、人間にも応用可能な術式。

すなわち癌細胞により死んだ人間にも、適応可能な施術だった。これでようやく、宗太はすべてを手に入れた。欲しかったものをすべて、彼は手に入れたのだ。

だが、しかし――。

「あぁ、私は……」

その時にはもう、彼はすべてを失っていた。

齢(よわい)も五十を超えて、周囲には誰もいなくなってしまっている。鏡に映った、自身の老いた顔を見て宗太は絶句した。

時の流れは残酷だ。

誰にも止めることなどできず、常に水のように流れ続ける。

「う、うっ、うあああああああああああああああああああっ⁉」

それを、受け止めきれなかった。

今すぐにでも、すべてをやり直したい、と。

宗太は闇雲に自分の身体を傷つけ、施術を敢行した。その結果――。

「か、はっ……」

待っていたのは――死。

己という人間を用いて行った初めての施術は、無念にも失敗に終わった。

あまりにも惨めな生涯。マッドサイエンティストと称された、高宮宗太の終焉(しゅうえん)だった。あまりに救いがなく、あまりに無益で、あまりにも純粋であった人生。

ただ一つ、彼が最期に見たのは誰の笑顔だったか。

それはきっと、大好きだった――。

◆

「そして、目が覚めた時。私の身体は若返り、気付けばこの世界にいた……」

「………」

ソウタの話を聞いても、ボクには何も分からなかった。

それにとても信じられるような内容でもない。異世界だなんて、理解できない。

だけど確かなのは一つだけ――このタカミヤ・ソウタという人物は、孤独で仕方ないのだ。自分のやってきたこと、すべてが無駄になったのもそうだ。でもそれ以上に、彼が求めたのであろうものは――居場所。

「私は、私を理解しないものすべてに復讐する。そして――」

ソウタはいま、きっと混乱しているのだ。

右も左も分からない世界に放り出され、誰を頼ることもできなかった。その苦しみはきっと、貴族の家を勘当されたボク以上であろう。

だって、ボクには支えてくれる仲間がいたから。

一人ではなかった。確かに悲しかったけれど、すぐに道を見つけたから。しかしソウタには、それがない。彼は本当の意味での孤独を味わっていた。

そんなの、並大抵の人間には耐えられるものではない。

「私は、魔王に――なる！」

「ソウタ……！」

ボクは剣を構えた。

ソウタの持った本から、魔力が溢れ出す。それに呼応するようにして、周囲には魔物の群れが出現。躍りかかってくる異形のものたちの攻撃をかわしながら、唇を噛んだ。

「ボクに、できることは……！」

魔力を身体中に巡らせて、思考もまた巡らせる。

そう、ボクにできることは、きっと――。

◆

「誰も、誰も、誰も誰も誰も誰も!!」

宗太は、魔物を操りながら声を荒らげた。

自分は誰にも理解されなかった。その結末は、あまりにも無残だった。

この世界でも同じだ。誰にも自分の言っていることは理解されない。同じことの繰り返し。そのようなことがあっていいのか？　――否。あっていいはずがなかった。

「私はただ、救いたかった！　それだけなのに……！」

なにかが、彼の中にこみ上げてくる。

薄々だが、分かっていた。

自分がなにを求めていたのか、そのことを。

狂い果て、いよいよ味方がいなくなった日から、ずっと求めていた。複雑に入り組んだ感情と、自らを苛む罪の意識が覆い隠しているものの、欲求はすぐそこにある。

だが宗太はもう戻れない気がして、怖かった。

「ああぁぁぁあああぁぁぁぁぁぁああぁあぁぁぁ!!」

――だから、いっそのこと。

与えられないのであれば、自分でそれを手に入れるしかない。すべてを破壊して、すべてを蹂躙(じゅうりん)して、すべてを手に入れなければならなかった。

彼を理解してくれる者はいなかった。

理解を示そうとしてくれる者も、またいなかった。

「私は、この方法しか知らない。私にはもう、この方法しかない……！」

だから、魔王という在り方にすがったのだ。

かつて自分と同じ道を歩んだ者の道筋を、自らもまた歩もう、と。

「それ、なのに……！」

宗太は胸を押さえつける。

溢れ出す感情が、最後の最後で邪魔をする。マッドサイエンティストだと、陰口を叩かれた自分が、今さら良心というものに苛まれるというのか。

しかし、あまりにも彼は不安定だった。

手に持った手記からは、なおも力が溢れてくる。

「私は、私は……！」

彼の目からは、知らず知らずのうちに涙が流れていた。

迷いがある。自分は、本当にこうしたいのか、と。

「邪魔、だ……！」

そこまで考えてから宗太は、感情の矛先を一人の少年に向けた。

完全なる八つ当たり。自分の障害になろうとする彼のことを、とにかく目の前から取り除こうとした。そうやって、ようやく気付くのだ。

「お前は、何者だ……⁉」

少年――クレオの異常性に。

宗太の従える魔物は、多くの冒険者が束になっても苦戦するレベルのものばかり。さらには手記から溢れ出す魔力と、彼の作り上げた装置による循環によって、半永続的に出現する仕組みだ。

だが、そんな魔物の群れに臆することなく迫り、あまつさえ屠っていく。

魔力で強化された脚で縦横無尽に駆け回り、各魔物の弱点を的確に突いていった。

クレオには宗太ほどではないものの、魔物に対する知識がある。学園時代を通して、それは2位にしか至らなかった。だが豊富な知識は確実に、少年の力となる。

「く、こんな……!?」

宗太は焦りを感じる。

しかしクレオの圧倒的な力は、次第に魔物の群れを押し込んでいった。そして——。

「ま、待て……！　その機械には触れるな！」

少年は宗太の脇を駆け抜け、装置に迫る。

剣を大きく振りかぶって、叩き潰すようにして——。

◆

「はあああああああああああああああああああああっ!!」

ボクは魔力を吸い込む装置目がけて、剣を振り下ろした。

硬い感触の後に、火花が散る。魔力を通したボクの剣は金属に負けることはない。しかしそれ以上に、装置の中に流れている魔力量が問題だった。

肌を刺す、痺れるような感覚。

思わず目を覆いたくなる光の奔流に耐えながら、手に力を込める。

「ここでボクが負けたら、みんなを助けられない……！」

ここまでボクを導いてくれたみんな。

いまも王都で戦い続けてくれている仲間を、裏切ることになる。守りたい。その気持ちだけで、ボクは膨大な魔力に立ち向かった。

そして、徐々に光が収束していった時だった。

『キミ、面白いね』

「――え？」

少女のような、しかしそれでいて大人びた声が聞こえたのは。

だけど、その声が何者によるものなのか、確かめるより先に大きな音が響いた。装置を支えていた魔力がこぼれ、崩れていったのだ。

一つの歯車が狂えば、精密な技術を必要とする魔法制御の方程式は壊れていく。それは轟音と共に、なんとも呆気なく。

ただの金属の塊となった物の前で、ボクは唖然として立ち尽くした。

でも、すぐに気持ちを切り替えて振り返る。

「…………」

「ソウタさん」

そこには一人、助けを必要とする男性がいたから。

誰にも認められることなく、理解されなかったタカミヤ・ソウタ。

「私は、ただ……！」

彼は頭を垂れてそう漏らした。

そして、本当の願いを口にする。

「ただ、生きていてほしかった。おばあちゃんに……」

——ただ、それだけなのだ、と。

ソウタさんは語る。

自分が研究を始めた根本は友達のいなかった自分の、唯一の居場所となっていた祖母を取り返したかったからだ、と。

他の誰かを救うでもない。

自分はただ、祖母一人に生き返ってほしかったのだ、と。

その途中で色々と歪んでしまったけれど、始まりはきっと、とても純粋な願いからだった。

「だが、もう戻れない。分かっていた……！」

大粒の涙を流しながら、肩を揺らしてソウタさんは話した。

自分のやってきたことはもう、償いきれる裁量を超えているのだから、と。あまりに自分は罪を重ねすぎた。いずれ報いを受けなければならないのだ、と。

そして、自身の行いはすべて無駄だった、と。

「私は、もう……！」

ボクは、そう懺悔(ざんげ)を続ける彼に――。

「ソウタさん。ボクから、提案したいことがあります」

「………え？」

自然と、手を差し出していた。

◆

――事件から一週間が経過した。

奇跡的にも、死者が出なかった魔物の暴走。ボクはギルドの談話室で、その事件を振り返りながら身体を休めていた。

結局、最後に聞こえた声の正体は分からない。

聞こえたのはボクだけだったらしいし、解明のしようがなかった。

「さて、そろそろ……」

ボクは仲間がやってくる時間を思い出し、腰を上げた。

その時だ。

「だから、言っているであろう⁉　お前のような低ランク冒険者が、この魔物を相手にするなど自殺行為だ！　その小さな脳みそで考えてみろ‼」

「なんだと、ただのギルド職員の分際で！」

「誰のためだと思っているのだ！」

「うるせぇ！」

受付の方から、そんな言い争う声が聞こえたのは。

「あぁ、またやってるのか……」

それを耳にして、思わず苦笑いをしてしまった。

少し覗き込むと、見えたのは――。

「聞き分けのない奴だな！　このタカミヤ・ソウタの言うことが聞けないなど、それこそ才能のたかが知れているというものだ‼」

一人の冒険者と口喧嘩（くちげんか）する男性――ソウタさんの姿だった。

以前と変わらない衣服を身にまとった彼は、青筋を立てながら新人冒険者に説教をしている。これは今や、日常となりつつある光景だった。

「でも、意外と他のみんなから反発がなくてよかったかな」

それを眺めながら、ボクはあの日のことを思い出して呟く。すると、

「それは、クレオさんが言ったからだと思いますよ？」

ふと、隣から聞きなれた青年の声がした。

「キーン、それってどういう意味？」

声の主に訊ねる。

こちらの問いを受けて、今ほどギルドを訪れたのであろう彼は、その綺麗（きれい）な顔に小さな笑みを浮かべながら答えた。

「このギルドにおいて、クレオさんの存在はそれだけ大きくなっている――ということですよ」

「え……？　いやいや、それほどじゃないと思うよ？」

キーンの言葉に、思わず否定の声が出る。

だけど青年はそんなことを気にもかけず続けた。

「それでも、驚きましたけどね。まさか件の犯人をギルドで雇ってほしい、なんて提案するとは」

というのも、あの日にボクが要求した報酬についてだ。自分で思い返しても、なかなかに無茶な

願いだったとは思い、苦笑いしつつ頬を掻く。

「いや、だって。好きなこと頼んで良い、って言われたから……」

そうなのだ。

あの日ボクは、事件解決の報酬として『ソウタさんの身柄の保証』を求めた。具体的に言えば、彼を魔物の専門家としてギルドで雇ってほしい、というもの。

それを聞いたギルドの職員たちは一様に目を丸くしたが、翌日の会議で可決された。

ソウタさん本人も最初、本当に良いのかと悩んでいたけど……。

「だけど、これでよかったと思う。彼はきっと寂しかっただけだから」

いま、元気に唾を飛ばしながら声を荒らげる彼を見て。

ボクは心の底から、自分の判断が間違っていなかったと感じるのだった。

「さて……。今日はどんな魔物を討伐しに行こうか！」

同時に、何気ない日常が戻ってきたことを確認して。

気持ちを切り替えるように、ボクはキーンに意見を求めた。時を同じくして、エリオさんとマキもギルドにやってくる。

今日もまた、冒険者としての一日が始まる。

少しずつの変化をしながら、毎日は繋がっていくのだった。

◆

――ダンは頭を抱えていた。

息子であるクレオは、いくら探せども見つからない。それに加えて、王都で発生した魔物の被害もあり、公爵家も少なからず打撃を受けた。世界各地に調査団を派遣している都合もあって、即座に対応できなかったため、他の貴族よりも損害を受けたのである。

騎士団を派遣するほどの事態にはならなかった、というのは不幸中の幸いだった。冒険者のことを卑しい職業だと考えているダンであったが、その日ばかりは彼らに感謝したほどである。

「だがしかし、もう八方塞がりだ……」

それでも、公爵家はやはり窮地に立たされていた。

リリアナ王女の機嫌は直らないし、国王陛下からの視線も日増しに軽蔑の色を含むようになってきている。これ以上、問題を引き延ばせば一族の存続にかかわるだろう。

「あぁ、せめて――」

そんな中で、涙を拭いながらダンは思うのだった。

「噂の冒険者くらい、アイツも優れていたならば……」

いま世間を賑（にぎ）わせている、冒険者――クレオ。

偶然にも息子と同じ名前をした彼が、本当に自分の息子だったらよかったのに、と。心の底から

そうであれば、どれだけ話が簡単に済んだのか、と。

ダンは大きくうな垂れるのだった。

おそらくだが、彼が自身の勘違いに気づく日はこないであろう。

そう思われた……。

「氷点に至れ！　――【ブライニクル】」

キーンが魔法を放つ。

氷魔法の最上級のそれは緩やかに、しかし確実に、魔物の命を凍り付かせた。だんだんと溶解していくと同時に、魔素へと還元されていく。

それを確認してから、ボクたちは各々に顔を見合わせた。

今日のクエストはこれで終わりだ。

「お疲れ様！　やっぱり、キーンの魔法は頼りになるね！」

そして、ボクは今日の功労者であるエルフの青年に声をかけた。

すると彼は首を左右に振って、謙遜する。

「いえ、クレオさんが私たちをサポートしてくれているからです。エリオ一人では魔物を足止めできない。それに、マキの治癒魔法はクレオさんの助力なしには成り立たない――このパーティーで、もっとも重要な心臓たる存在は、貴方なのですよ？」

「え、嫌だなぁ……。そんなお世辞は要らないよ？」

その言葉に、ボクは頬を掻いて答えた。

たしかにボクは、みんなをサポートする機会が多い。それでも、そこまで言われるなんてこと、思ってもみなかった。

だって、ここにいるメンバーは各々に、自分の得意分野を持っている。

それが正直なところ、ボクには羨ましかった。

だけど、それでも良い。

ボクはボクに出来ることをすればいい。

その中で、好き勝手にさせてもらっているのだから、文句はなかった。

「さぁ！　冗談は程ほどにして、帰ろうか！」

仲間三人が、なにやら薄目でこちらを見ていたが、気にしない。

そう宣言すると、ボクは踵を返すのだった。

◆

「クレオさんは、寝たのか？　――マキ」

「はい。いつもの時間に、いつも通りお休みになったです！」

「本当に、規則正しい生活をするな。クレオは……」

――その日の夜である。

宿の談話室にて、月明かりのもとにキーン、エリオ、そしてマキの三人は集っていた。各々に寝巻に着替えてはいるものの、まだ眠るつもりはないらしい。

最後にマキが着席すると、ふっと息をついたのはキーンだった。

そして、こう口にする。


「……いや、凄すぎるだろ。クレオさん」


出てきたのは、パーティーのリーダーへ向けた言葉だった。

大きくうな垂れて、心の底から吐き出すように。

「あぁ、同感だな。クレオは自覚がないらしいが……」

「はいです。今日も、キーンさんに言われて、本気で困惑してたです」

すると、残り二人も同意して頷（うなず）いた。

あの少年は無自覚に、恐ろしいことをやっている、と。

「さて、今日はどんな話が飛び出すやら……」

そこでキーンが、気持ちを切り替えるように言った。

この集まりは、クレオを除いた三人が時折に開いている意見交換会。その内容というのも、クレオという人物の謎や、その凄さを語り合うものだった。

出自も、経歴も不明。

されども、実力は誰もが認める――本人を除いて。

そんな彼が行ったことを、各々の視点から報告し合うのが通例だった。もっとも、結局は『クレオさん半端ねぇ』という結論に落ち着くのだが。

「それじゃあ、今日は――マキから頼む」

「はいです……！」

エルフの青年に指名され、少女は頷く。

今宵もまた、クレオ伝説が共有され始めるのだった……。

◆

――ゴウンとの戦いからしばらくして。

翌日、久しぶりに父である彼のもとへ帰るマキは、手料理の練習をしていた。

今まで自分に親はいないのだと、そう思って生きてきた彼女にとって、すべてを語り合ったゴウンという存在はとても大きなもの。

そんな父に対して、少しでも親孝行をと思っていたのだ。

「それに、いつかは必要になるかもです！」

小さく言って、少女はエプロンの紐を結んだ。

というのも、将来の夢は優しいお母さんになること、と表明するマキ。今からでも料理を覚えていかないと間に合わないと考えていた。

そして同時に、頭の中に浮かんだ相手は父ではなく――。

「……………ほみゅ」

顔が熱くなるのを感じつつ、少女は準備に取り掛かった。

まずは簡単なレシピに沿って、たまご料理から。そう思って、慣れない手つきで調理を行っていく。そうやって格闘すること十数分……。

出来上がったのは、見事なまでの黒い塊だった。

「…………」

酒場の一角。

無理を言って借りたそこで、マキは大きくうな垂れた。

こんなことでは、父はともかくとして『あの人』は落とせない。そう――。

「はぁ、こんなことでは――」

「あ、いたいた。マキ、お疲れ様」

「にゃうぅ⁉　ク、クレオさん……⁉」

その時だった。

背後から、いま一番聞きたくない少年の声がしたのは。

思わず失敗料理を隠すようにして、振り返るとそこにはやはりクレオ。彼は大慌てのマキを見て、小首を傾げながら歩み寄ってきた。

そして、ひょいっと彼女が隠したものを確認してしまう。

「あ、もしかして練習してた？」

「あうぅ。見ないでくださいぃ」

「あはは！　大丈夫だよ、誰だって最初はこんなものさ」

するとクレオは、何てことなしに言うのだった。

「そう、なのです？」

「そうだよ。ボクも、料理人を目指してた時は失敗ばかりさ」

「…………へ？　クレオさん、料理人目指してたんです？」

「まぁ、ね。結局そこでも2番手だったけど……」

その意外な過去に、マキはきょとんとする。

すると少年は、何かを思い返すような表情を浮かべるのだった。

「まぁ、とりあえず見てて？　基本から教えるから」

「は、はい！」


しかし、すぐに気持ちを切り替えたのか。

自前のエプロンを取り出し、手慣れた様子で準備をした。そして――。


「ほわぁ……!?」

マキは、目を疑うのだった。

◆

「あれは、どこかの高級なレストランで出される、なにかでした……」

経験不足、語彙不足な少女は大きくうな垂れて呟いた。

キーンとエリオは顔を見合わせて、苦笑い。

「美味しかったんだ」

「はいです。ほっぺた落ちると思いましたです」

複雑な表情で応えるマキ。

しかし、不意にキーンには気になることが浮かんだ。

「そういえば、マキがゴウン以外に料理を作りたい相手って誰なんだ？」

「ふぇぇ⁉」

――ボンっ！

瞬間、マキの顔が真っ赤になった。

それを見たエルフの青年は、何事かと首を傾げる。そんな二人に助け舟を出したのは、もう一人の仲間であるエリオだった。

彼女はくすり、少しだけ笑んでからこう口にする。

「あまり詮索してやるな。そこはそれ――乙女心、というやつだ」

「はぁ……。乙女心、か」

それを受けて、キーンは無理矢理に納得した。

そんな彼を見てから、今度はエリオが一つ咳払いしながらこう切り出す。

「それでは、次はアタシからの報告、だな」

神妙な顔になり、彼女は語り始めるのだった。

◆

ある日のこと。

エリオはクレオと共に鍛錬を行っていた。

王都から少し離れた場所にある岩場。そこで、基礎的な体力を向上させることを目的としたトレーニングをしていた。

腕立てや腹筋といった筋力トレーニングに、走り込みなどの心肺機能向上のトレーニング。クレオ曰く、エリオの剣術の腕前は素晴らしい、とのこと。

しかしながら、どうしても身体能力の面で差が生まれてしまうのだ。

「ふっ、ふっ……！」

女だから――エリオは、それを理解した上で乗り越えてみせると決意した。

そして、クレオに体術などの教えを乞うたのだ。

「はぁ……！　これで、一日のノルマは達成だな」

額の汗を拭いながら、彼女はそう口にする。

腕立て二千回に、腹筋千回。そして短距離、長距離を徹底的に走り込んだ。今まで行ってきた鍛錬も、決して生温いものではなかったが、クレオの指示するそれは常軌を逸していた。

腕立て、腹筋、共に信じられない重りを使って行うのだから。

「だが、これでアタシも少しはクレオに近づける」

エリオは独りごちて移動した。

この岩場の隣には水辺があり、そこで身体の汗を流すまでが一連のこと。鍛錬終わりに冷たい水を浴びるのは、とても心地が良いのであった。

それがこの鍛錬における彼女の唯一の癒し。

心が晴れる瞬間だった。

「…………ん？」

しかし、エリオはふと足を止める。

いまなにか、反対側の岩場から物音——というより、地響きが聞こえた。たしかそちらにはクレオがいるはずで、なにか不測の事態があったのかと、彼女は不安になる。そのため、水浴びは後にして小走りに彼のもとへと向かった。
するとそこには——。

「…………は？」


身の丈以上ある岩石を背負い、スクワットを行うクレオの姿。

全身から滝のような汗を流して、息も絶え絶えにそれを繰り返していた。しかし軸はぶれず、順調に回数を重ねていく。

そして、エリオが到着してから五千を数えた時だった。

「よいしょ、っと」

——ドオオオオオオオオオオオオオオオオオオオン!!

まるで手荷物を下ろすかのような気軽さで、彼は岩石を置く。

またも地響きが鳴り渡り、空気が振動するのだ。それを見たエリオの頬には、先ほどの鍛錬で出たものとは違う汗が伝い落ちていった。

クレオは汗を軽く拭って、ふと彼女の方を見る。

「あ、お疲れ様。エリオも終わったの？」

「…………」

——なんだその、ひとっ風呂浴びてきました、くらいの気安さは。

エリオは彼の笑顔を見て、思わず内心でツッコミを入れた。そう思うほどに、クレオの表情は晴れやかである。

しかし、もしかしたら痩せ我慢かもしれない。

そう信じたかった。だから、エリオはクレオに問いかけたのだ。

「クレオ……。大丈夫なのか？」

どこか痛めたりしていないか。

そんな、確認も込めての質問だった。

だが、少年はいったいどのように捉えたのか——。

「あぁ！」

満面の笑みを浮かべて、答えるのだった。

「ゴウンさんに早く追いつけるように、頑張らないとね！　ボクは基礎体力に自信があったんだけど、筋力の面では彼に負けてたから。これくらいはしないと!!」

さらに、まだまだ改善の余地はあるけどね、と付け加えて。

それを聞いた瞬間に、エリオの意識は遠退く(とおの)のだった。

◆

「頭おかしいぞ、アイツ……」

思い出して、またも滝のような汗を流すエリオ。

そんな彼女を見て、キーンとマキは苦笑いをするのだった。

「それでも、自分は2番手だから、とか言ってるんだぞ……」

「……ど、どうどう。堪えろ、エリオ」

わなわなと結んだ拳を震わせるエリオを制するキーン。

彼女の胸中にあったのは、悔しさと同時に畏敬の念だったのかもしれない。いいや、あるいは恐怖だったのかもしれないが。

「さ、さて！　それじゃあ、最後は私の番かな！」

とにもかくにも、そんな空気を払拭するために。

エルフの青年は宣言して、咳払い。そして、ゆっくりとした口調で、本日最後のクレオ伝説を語り始めるのであった。

◆

王都にある市民に開放された図書館。

そこにある個室で、キーンは古代エルフ文字の文献を読み漁っていた。古代エルフ文字とは、エルフの中でも廃れていった古き言葉の数々である。

しかしながらそこに記された魔法は、現代のものとは桁外れの威力を誇るのだ。習得すればきっと、潜在魔力の高いキーンなら使いこなすことができる。

「…………ここ、は？　蛇、か……？」

少しでもクレオの役に立ちたい。

その一心で、青年は文献の解読に励む。だがしかし、エルフの彼をもってしても、言葉の半分をどうにか読み取るのが精いっぱいだった。

辞書もなければ、指導してくれる先達もなし。

まさしく、エリオなどとは異なった方面での孤軍奮闘だと云えた。

「…………」

それでも、やはり限界はあるもので……。

「だ～っ！　なんで、ご先祖様はこんなに難解な言葉を作ったんだ⁉」

とうとう人目もはばからずに、キーンは声を上げた。

テーブルに突っ伏す。うめき声を発しながら、文献を睨んだ。数多くの智慧の泉たるそれも、今の青年にとっては沼のように思える。

彼は深くため息をついて、メモを破棄しようとした。

その時である。

「え、それ捨てちゃうの？」

「ク、クレオさん⁉」

自分が尊敬する少年――クレオがひょっこりと顔を覗かせたのは。

彼はキーンの手にあるメモを見ながら、顎に手を当てていた。何度か頷いて、ある一ヵ所を指さす。そして――。

「ここの訳かな？　文法の読み違いがあると思う」

「へ……？」

あっさりとした口調で、そう指摘した。

「あと、ここも。これは蛇じゃなくて蛙(かえる)、って意味だよ」

さらに続けて、単語の意味の取り違えも指摘。

キーンはそれを受けて文章を読み返す。すると、多少の詰まりはあるものの、先ほどよりハッキリと解読することができた。

ある種の達成感に酔いしれる。

だが、すぐに青年はクレオに訊(たず)ねるのだった。

「……って、クレオさん⁉　古代エルフ語が分かるんですか⁉」

もっとも、なかば絶叫に近い声だったが。

するとクレオは、少しだけ首を傾げてから言った。

「あー、うん。ちょっとだけ齧(かじ)ってたことがあって、ね？」

「ちょっと、かじった……？」

どこかばつが悪そうに。

しかし、キーンにはどうでも良かった。

「こ、これだけ読めるのは凄いですよ⁉　専門家みたいだ！」

エルフの青年は興奮して言う。

だが、そんな彼を見て微笑みながら。

「あぁ、でも――」

クレオは、決まり文句のようにこう言うのだった。

「ボクは、2番手だったからね」――と。

◆

「……2番手、ってなんですか」

「……」

「……」

キーンの漏らした言葉に、他二人は沈黙することしかできなかった。

それもそのはず。あの少年は素晴らしい能力を持っているのに、決まってそう口にするのだ。その真意が摑めない三人には、どうしようもない。

結局、今宵も三人の会議の結論は――『クレオさん、半端ねぇ』になった。

そして、実りのあるようなないような、そんな時間は過ぎていく。

三人は各々の部屋に戻り、眠りに就くのだった。

クレオという少年の凄さと、素性。

それらの全貌がハッキリする時がくるのか、否か。

この時のキーン、エリオ、そしてマキにはまだ、分からなかった。

◆

「さて、今日も一日頑張ろうか！　——三人は、昨夜も遅かったの？」

「あぁ、気にしないでください」

「そうだな。クレオはクレオで良い」

「クレオさんはいつも通り、頑張って下さればなのです！」

「…………………？」

朝になって、ボクが顔を出すと眠そうな三人が待っていた。

そして何があったのか訊ねようとすると、そんな答えが返ってくる。ボクは首を傾げることしかできずに、しかし何も訊き返すことはしなかった。

とにもかくにも、準備を済ませてギルドへ向かおう。

そう思って、談話室で話していた時だった。


「だから、ファーシードですわ！　この宿に、ファーシードという少年は泊まっていないのか、と訊いているのです！」


そんな、女の子の声が聞こえたのは。

聞き覚えのあるそれと、口にしている名前にドキリとする。物陰からこっそり、声のした方向――ちょうど受付の方だ――を覗き込んだ。

すると、そこにいたのは……。

「あ、あれは……！」

立っていたのは、縦巻ロールの髪が特徴的な少女。

その子の名前に覚えはある。しかしボクには、どうして彼女がそこにいるのか理解が出来なかった。そうこうしているうちに、仲間の三人が同じように覗きこんでくる。そして、ハッキリとその言葉を聞いてしまうのだった。

「クレオ・ファーシードですわ！　クレオ・ファーシードを出しなさい‼」

彼女──マリン・シンデリウスは、叫ぶように言う。

するとと、キーンとエリオ、マキの三人が顔を見合わせるのが分かった。

「クレオ……」

「ファーシード、です……？」

「おい、クレオ。ファーシード、ってどういうことだ」

中でも元貴族であるエリオさんは、ボクに詰め寄る。

そして、その勢いに押されて、物陰から出てしまった。すると──。

「あ……！」

「あ、クレオ……！」

タイミング悪く、マリンと目があった。

彼女は感極まったように瞳を潤ませて、ボクに抱き付いてくる。次いで口にしたのは、学園時代に何度も否定したある言葉だった。

マリンは、本当に嬉しそうに──。

「あぁ、クレオ──」

他人の目など、まったく気にしないような。

そんな素振りで。

「わたくしの、愛しい婚約者！」——と。

巻末書き下ろし　学園時代のクレオ。

「だから、クレオは貴女の婚約者ではない、と！　何度も言っているでしょう⁉」

「あらあら、王女様？　久々にお会いしたと思えば、やたらに喧嘩腰ですわね？」

「貴女――マリンが、聞き分けのない一方的な好意を彼に押し付けようとしている、そのことが我慢できないのです！」

「可愛らしいですわねぇ？　顔を真っ赤にして、クレオのことになったら余裕がない。そろそろ、わたくしのライバルであること、お認めになったらいかがです？」

「な、なにを⁉　私はそもそも、クレオのことなんて――」

「お前ら、なにをやってんだ……？」

ある休日のこと。

王城の一室には姦しい声が響き渡っていた。

アルナは呆れた表情で、声のする部屋に足を踏み入れる。するとそこには、目くじらを立てて怒る王女。そして、余裕ぶって彼女をおちょくる聖女の姿があった。

ひとまず間に入ったアルナは、大きくため息をつく。

「あのな、お前らも学園卒業したんだろ？　いつまで、そんな言い争いをするんだ」

「うるさいですね、アルナ。勘違いしているようですが、私は断じて争ってなどいません。毅然として、この聖女の言い分を否定しているにすぎません」

「……………………はぁ」

「なんですか、そのため息は」

「いいや、なんでもねぇよ。とりあえず、座ろうぜ？　――あと、マリンも舌出して煽るな」

少年騎士は再度、大きくため息。

そして二人の幼馴染みをソファーに腰掛けるよう促した。普段いい加減に振る舞っているアルナに言われては、王女であるリリアナとしてもバツが悪いらしい。咳払い一つ、素直に従った。

もっとも、鋭い視線でマリンを牽制するのは忘れずに、だったが。

「それにしても、珍しい取り合わせもあったもんだな。マリンがリリアナの部屋を訪ねるなんて、明日は雪でも降るのか？」

「あら、ずいぶんな言いようですわね。わたくしは教会からの言伝を賜っただけです」

「ははぁ。そのついでに、リリアナを煽りにきた、と……」

アルナが訊くと、聖女は鼻高々にそう答えた。

それを聞いて少年は、苦笑い。そして、学園時代からちっとも変わらない二人の様子に、少しだけ嬉しくなるのだった。

この三人は口喧嘩が絶えないものの、それなりに近しい関係である。

それも卒業後には揃う機会を逸していた。

「まぁ、とにもかくにも。俺たちが揃うのは久々だ。リリアナもそんなに怒るな――」

「私は怒っていません」

「……さいですか」

せっかくだからと、間を取り持とうとするアルナ。

しかし、彼の言葉をさえぎって腕を組み、そっぽを向くのは王女。とてもではないが、これでは会話が成立しない。

近しい関係であったが、決して仲が良好だったわけではなかった。

懐かしさはある。だが同時に、頭痛を感じる少年騎士だった。

「……ここにクレオがいれば、また違うんだろうけどな」

そして、思わず自分たちの中心に立っていた人物の名を口にする。

クレオ・ファーシード――公爵家の嫡男であった彼は、卒業後に勘当を言い渡され、この王都を去ったとされている。

リリアナ、マリン、そしてアルナの三人の関係――とりわけ女性人二人の――を取り持っていたのは、クレオに他ならなかった。そんな彼がいなくなれば、口論を諌める者もいなくなる。

役目が回ってきてから、改めてアルナはクレオの存在の大きさを再認識していた。

「クレオ……。そういえば、お二人は彼のことをどう思っていたのです？」

その時だった。

ふいに、リリアナがそう口を開いたのは。

「と、いうと？」

そのことが少しばかり意外だったのか、アルナは訊き返す。

すると王女は、一つ咳払いをしてから言った。

「いえ、少しばかり気になりましたから。私とクレオは王族と公爵家という関係でしたが、二人は学園時代から、でしょう？　どのように彼と知り合ったのか、と思いまして」

「そういえば、そういった話はしたことなかったたな。俺は剣術の試験が初めてだったけど、マリンとリリアナはそれより前だったよな」

少年の返事に頷くリリアナは、思い返すようにして頷く。

そして、懐かしむように話し始めた。

「彼との付き合いを考えれば、私が一番長いですね。せっかくですし、少しだけ学園時代の思い出話をするといたしましょうか――」

ふっとため息をついてから。

少女は、今この場にいない幼馴染みに思いを馳せるのだった。

◆

「ふぅ……」

学園の制服に袖を通した少女――リリアナは、読んでいた本を閉じて息をつく。

場所は、王都立学園付属の図書館。一般にも開放されており、休日であるということもあってか、いつもより人の数は多かった。もっとも彼女のいるエリアは魔法学の専門書、その中でもとりわけ学者レベルの者たちが利用するところであるため、影響は少ない。

それでも一部の冷やかしや、まだ幼い少女であるリリアナに奇異の目を向ける者もいた。彼らには自分が王女であるという素性と、顔は隠してある。騒ぎを起こさないための配慮であったが、彼女は辟易としていた。

先ほどついた息は、そんな風に張り詰めた気持ちをほぐすためだろう。

「まったく、王女という立場も考えものです。おちおち勉学に集中もできません」

周囲に人がいなくなるのを確認してから、リリアナは呟いた。

こうは言ったが、彼女も自分の立場を恨んでいるわけではない。責任感も強く、しっかりと役割を果たさなければならないとも考えており、故に魔法学を修めようとしているのだ。

ただそれにしても、窮屈さを無視できるわけではない。

だから恨み言の一つや二つ、出るのも仕方なかった。

「それにしても、クレオはまだでしょうか……」

息抜きついでに、彼女は一緒に自習をしようと誘った幼馴染みのことを思い出す。王家と公爵家という間柄故に幼馴染みである少年は、まだ到着していなかった。

約束を守るのが当たり前である彼が遅れるのは、なかなかに珍しい。

リリアナは少しばかりつまらなそうに唇を尖（とが）らせ、頬杖（ほおづえ）をつきながらそこを膨らませた。

「たまには、私が教える立場になろうと思ったのに……」

ぼそり、不満が出る。

学園に入学したのが今より半年前。

まだ間もないといえばそうなのだが、こと魔法学についての成績はクレオよりリリアナの方が優秀であった。幼い時からなにをやってもクレオには勝てなかった自分が、ようやく見つけた有利な点。それを少しばかり自慢したい気持ちが、少女の中にはあった。

だというのに、クレオはいったい何をしているのだろうか。

「少しだけ、外の空気を吸ってきましょうか」

痺（しび）れを切らし、ついにリリアナは閉じた本を手に立ち上がった。

そしておもむろに、図書館の外へ。

「それにしても冷えますね……」

季節は緩やかに、冬へと移り変わっていた。

吐く息も少しばかり白く染まり、学園服だけでは肌寒いくらいだ。だが逆に、そんな空の下であるから頭もスッキリするというもの。

先ほどまで小難しい魔法学の教本によって煮えていた頭が、急速に冷まされていく。胸に入ってくる乾いた空気も、むしろ心地いい。

「こっちも待ったのだから、待たせても構いませんね」

そんな状況だから、王女は図書館の周囲をほんの少しだけ散歩することにした。自分を待たせる幼馴染みへの文句を、ちらっとだけ口にして。

歩き出すと、来るときには気づかなかった街並みの変化に目が行った。

「あぁ、そういえば――」

――もうすぐ『英雄祭』でしたね。

裸の木々につけられた飾りを見て、少女は思い出した。

かつて世界を救ったという英雄――彼を称賛するために始まったとされる、冬季に行われる王都の祭りの一つ。王家の娘として、リリアナにも関係のある話ではあった。

もっともまだ年若いため、その時に参列する程度ではあるが。

「今年も、椅子に座っているだけですね。きっと……」

そこまで考えて、少女はつまらなそうに言った。

そうなのだ。王女である彼女は、基本的に祭りで外を出歩くようなことは許されていなかった。王族はみな主会場の椅子に腰かけ、つまらない、長ったらしい演説に付き合うのが常である。もう何度となく経験したことではあるが、思い出すだけでため息が出た。

リリアナも年相応の少女である。

古い慣習というものに対して、いささか文句を言いたくなってしまうのだった。

「まぁ、そう言っていても仕方ありませんね。それよりも――」

気持ちを切り替えて、彼女は周囲を確認。

人の波の中に目をやっていたのだが、やはりクレオらしい人影は見当たらなかった。王女を待たせるとはどういうことか、という憤りももはやなく、ただ心配が脳裏をよぎる。

もしかして、なにか事件に巻き込まれたのではないか。

「クレオは約束を破ったこと、ありませんからね……」

リリアナの中における、クレオという少年の印象。

そこでの彼は、まず何があっても約束を守る、という好人物だった。そんなクレオがここまで遅れている、というのは――なにかあったに違いない。

「…………」

そう考えたところで、王女は無意識に駆けだしていた。

どこか頼りのない外見をした、心優しい少年だ。もしかしたら、そこにつけ込まれて悪い人物に捕まったのかもしれない。公爵家の嫡男であることも考えれば、誘拐も十二分にあり得る話だった。

いてもたってもいられない。

リリアナは、駆け足で路地裏へと飛び込もうとして——。

「きゃ……!?」

「おっ、と……？」

そこから出てきた男性とぶつかった。

その拍子に、顔を隠していた物一式も外れてしまう。

「おいこら、嬢ちゃん。危ねぇじゃねぇか」

「す、すみません……！」

慌ててそれを拾い上げようとするが、しかし先に男がリリアナの胸倉を摑んだ。

そうすると、自然に彼女と向き合う形になる。

「あん……？　お前、もしかして——」

男は一瞬だけ硬直するが、すぐに嫌らしい笑みを浮かべた。

「まさか、こんなところで王女様と会えるなんて、な……！」

「く……！」

リリアナは瞬時に、男の考えを理解する。

この表情は、悪人のそれ。

「は、離しなさい！」

つまり、少女の地位を利用して悪事を働こうというものだった。

彼女は必死にもがくが、大人の腕力には抵抗できない。

そんなリリアナを見て男は、口角を歪(ゆが)めた。

「離すわけ、ないだろ？　上手くいけば、たんまりと金が手に入るのによ」

つまりは身代金、ということだろうか。

王女を路地裏に連れ込みながら、男は瞳に怪しい輝きを浮かべて言った。リリアナは唇を噛(か)み、打開策を考える。周囲に目をやっても、人影はない。

ということは、助けを呼ぶこともできない。

「く……！」

しかし、このまま大人しく捕まるわけにもいかなかった。

周囲への迷惑もそうだが、それ以上に王女であるから誘拐された、という先例を作ってはいけないと考えたのだ。もし自分がここで捕まって、身代金を要求されるような事件に発展すれば、今後どのような対応がなされるか分からない。

今でこそ、一定の縛りはあるものの自由に外出できる。

もしかしたら、それが不可能になるかもしれない。それは、未来の王族の子のために避けたかった。そのためにも、リリアナは必死になって思考を巡らせる。

「少し、手荒になるかもしれませんけど……！」

「ん……？」

その結果として導き出されたのは、これだった。

不思議そうに首を傾げた男の太い腕を掴み、少女は意識を集中させる。そして、小さな声で詠唱を口にするのだった。

「私は魔法学については、1番ですからね！」

それを終えて、最後にリリアナは男に向かって言う。

彼女の手から放たれたのは、炎の魔法――【ファイア】だった。基礎の中の基礎ではあるが、潜在的な魔力量が多いリリアナの【ファイア】は、相手の腕を一瞬で包み込む。

瞬間的な眩さと、熱量に男は思わず目を瞑る。

「今のうちに……！」

それが好機と見たリリアナは、即座に男の腕を振りほどこうとした。

普通なら、これで逃げることができただろう。

だが、しかし――。

「クソガキ……！　調子に乗るんじゃねぇぞ!!」

「きゃっ⁉」

男は怒りを顕わにして、リリアナを壁へと叩きつけた。

見れば腕を包んでいた炎も消えている。痛みに苦しみ、咳き込みながらリリアナはそれを確認した。そして、いったいどういうことなのか、と考える。

そんな少女の姿を見て、笑ったのは男の方だ。

「へっ……！　子供にしては、確かになかなかやるな？　でもよ、まだまだ実践向きじゃねぇ」

言って彼は、自身の手のひらから炎を出し、すぐに消してみせた。

頭の良いリリアナには、それだけで十分。相手の言いたいことが、すぐ理解できた。

「対魔法ってのが、あってだな。たしかに王女様の魔力量は、俺なんかよりも膨大なんだろうよ。でもそれだったら、こっちにも対抗し得る手段はいくらでもある。それに、どうやら王女様はまだまだ自分の力を使いこなせていないらしい……」

「くっ……！」

リリアナは忌々しげに男を睨む。

しかし、そんな視線すらも可笑しいのか、彼はまたにたりと笑った。

どうやら、万事休す――というやつらしい。ここで自分は捕らえられて、王家には身代金が要求されてしまう。そうなれば今後、自由に街を歩くことはできない。

そこまで考えて、リリアナの頭の中に浮かんだのは――。

「クレオ……」

あの少年の、微笑み。

その直後だった。

「だあああああああああああああああああああああああああっ!!」

路地裏に、絶叫が木霊したのは。

リリアナと男は、何事かと声のした方向を見る。すると、そこにいたのは――。

「クレオ!?」

リリアナが思い浮かべた、その人物に他ならなかった。

少年――クレオは、自分よりも一回り大きな男性に向かって突進する。意表を突かれたのか、男性はとっさに数歩下がって、それを回避した。

「な、なんだこのガキ……!?」

そして、驚きに目を丸くする。

だがすぐに、クレオのことを敵と認識したらしい。ナイフを取り出し、構えた。

「大丈夫、リリアナ?」

「え、えぇ……」

少年は前方に注意を払いながら、少女に手を差し伸べる。

リリアナはその手を取って、どうにか立ち上がった。

「クレオ、逃げましょう！　この男は危険です！」

そして、そう説得する。

しかし少年は静かに、首を左右に振ってみせた。

「だめだよ。たぶん逃げても追いつかれるし、何よりも目立つわけにはいかない」

「そ、それはそうですが……」

ここで逃げれば、王女が危機に陥ったことが国民に周知される。

それはリリアナにとってマイナスな出来事だろうと、クレオは察したのだ。その上で、少年は男と真正面から向かい合っている。

その意味が分からない、リリアナではなかった。

「だ、だめです！　それこそ、危険です‼」

つまりクレオは、ここで男を退けようとしていたのだ。

ここまできて、相手も少年の考えを理解したのか。

面白いと、そう口にして笑った。

「ナイト様の登場、ってことか？　いいぜ、お子様魔法でどこまで戦えるか、見せてみやがれ！」

「…………」

挑発に対して、クレオはすっと呼吸を整える。

そして、短くなにかを詠唱して、一直線に相手へ向かって駆けだした。

「クレオ……⁉」

その瞬間に、リリアナが見たのは信じられない光景。

おそらくは男にとっても、驚きの瞬間だった。なぜなら、まっすぐに飛び込んだはずの少年の姿が、一瞬のうちに消えてしまったのだから。

男は左右を見る。だが、そこにクレオの姿はなかった。

「こっち、ですよ」

「なっ⁉」

声がしたのは、男の背後から。

振り返るとそこには、身を低く屈めた少年の姿があった。

「おま、どういう――」

「すみません。さようなら、です！」

そして相手が言葉を言い終えるより先に、クレオは彼の顎を打ち抜いた。勝敗は、そんな呆気(あっけ)ない幕切れで。

大の字になって倒れた男を見ながら、少年は言った。

「えっと、お子様魔法でも応用の仕方によっては、って感じですね」

そう、相手に今さらながら言い返すようにして。

◆

クレオが使ったのは、いわゆる身体強化魔法、というものだった。

相手が油断していたのもあるのだが、それでも完全に出し抜いてみせたのである。おそらくあの男は、子供にやられたという事実から、しばらく立ち直ることはできない。

リリアナは共に公園の椅子に腰かけた少年の顔をちらりと見て、改めて彼の凄さを知った。

「私は、驕っていました」

そして、自身を戒めるように言う。

魔法についてはクレオに勝てると思っていたが、それは大きな間違いだった。結局は実践できなければ、いざという時に使えなければ、意味はない。

その点において、先ほどの自分の体たらくはなんだ、と。

「まだまだ、精進しなければいけませんね……」

自嘲気味に笑って、リリアナはクレオの顔をしっかりと見る。

少年は小首を傾げていた。きっと彼は、そんなことないよ、と言うのだろう。いつもそうだ。このクレオという少年は、自分の凄さを自分で理解していないのだ。

今回のことも、それほどのことをしたわけではない、そう語っていた。

「ボクとしては、リリアナの才能が羨ましいけど……」

だから、こんな言葉が出てくる。

彼が言っているのは、リリアナの中にある潜在魔力量についてだ。学園に入った時の検査で、リリアナは先例のない、異常な数値の潜在魔力量を叩き出した。

クレオもそれに次ぐ数値であり、過去を見ても数人しかいない逸材ではある。しかしながら、同期に彼女がいるために、周囲の目はクレオに向かなかった。

それでも、少年は少女のことを妬みはしない。

むしろ純粋に褒めてくれた。

「私はもっと、学ばなければなりません。でなければ、宝の持ち腐れ、というやつです」

そのことは、今回の一件でなおのこと分かった。思い知らされた。

リリアナはクレオに対する気持ちをぐっと堪えて、おもむろに空を見上げる。気づけばすでに時刻は夕暮れ。帰宅の途に就かなければならない時間だった。

それでも、互いに立ち上がることはない。

「えっと、さ」

そんな時間の中で、おもむろにクレオがそう口にした。

何事かとリリアナが首を傾げると、彼は続ける。

「今日は遅くなって、ごめんね？　――この間の期末試験結果について、お父様からお叱りを受けていたんだ……」

恥ずかしそうに、頬を掻きながら。

ダン・ファーシード――クレオの父は、彼の学園での成績に口うるさく言っている、とは聞いたことがあった。リリアナはそれを思い出し、心の底からダンに呆れる。

同時に、学園の評価基準についても。

どうして大人たち、そしてこの国は、総合的に物事を見ないのか。

とりわけファーシード家はエキスパートである、という些細なことに固執していた。そのことによって、クレオに対する正当な評価ができていない。

リリアナは、そのことに深くため息をついた。

「あ、ホントにごめん……」

「え、あぁ。いいえ、そうではなくて――」

そのため息を勘違いしたらしい。

謝罪したクレオに、リリアナは訂正を入れようとした。その時だ。

「あ、雪……」

――ふっ、と。

二人の間に、白い結晶が舞い降りてきた。

それは一つではなくて。いくつも、緩やかな風になびきながら、降ってくる。二人の間にあった緊張した空気は、その雪が溶けてなくなるように、自然と緩和した。

クレオは空を見上げて、微笑んだ。

「……あぁ、そうですね」

そんな幼馴染を見て、リリアナはふと思い立った。

彼の背後にあった、英雄祭の張り紙を見て。

「それでは今日の代わりに、私と英雄祭を回ってくれますか？」

「……え？」

リリアナは、少し悪戯っぽく笑うのだった。

それはきっと叶うことのない、夢のような願いだろう。それでも、もしかしたら。この少年ならいつか叶えてくれるかもしれない、と思えた。

だから、無理難題だと分かっていても、少女は少年に問いかける。

「え、っと。そうだなぁ……」

クレオはどこか困ったように笑いながら、頬を掻いた。

彼も貴族だ。それが、いかに難しいことなのか重々承知している。そのはずだが、少しばかりの負い目を抱いているのか、ハッキリと対応できていなかった。

しかし一度、静かに目を閉じてから。

「……分かった。いつか、必ず」

幼い顔に、柔らかな笑みを浮かべて。

クレオはリリアナに、手を差し出した。

「クレオ……」

吐く息は白く。

雪の降る、そんな世界の中で。

少年と少女は、淡い約束を交わすのだ。

「ありがとう、ございます……！」

リリアナはクレオの手を取った。

これが、二人の交わした約束。それは少女にとって、何物にも代えられない大切な、宝物のような契りだった……。

◆

一通りを話し終えて、リリアナは給仕の出した紅茶を飲む。

「そんな感じで、クレオと私はいつか英雄祭を共に見て回る約束をしたのです」

「……………途中から、趣旨が変わっていませんこと？」

そんな王女に対して、明らかな苛立ちを見せたのはマリンだ。

クレオの凄さ、彼との思い出を語っていたはずなのに、いつの間にかマウントを取られていた。

聖女にとってみれば、面白い話ではなかったのだろう。

その様子をいち早く感じ取ったのはアルナ。

少年騎士は、二人に割って入るように言うのだった。

「それにしても、座学と潜在魔力量でしか判断しない大人たちには困ったものだよな。そうでなければ、クレオはもっと正当に評価されていたはずだ」

「もっとも、ですね」

「たしかに……」

その言葉に、二人の少女は矛を収める。

「学園で評価されるのは知識と、潜在魔力量――すなわちは、基礎の部分でしたから。しかし、いま話した一件で私も実践力というものを知りました。知った上で、努力してもクレオには敵いませんでしたが……」

――評価されるのは前者だけ、でしたけど。

リリアナは思った言葉を呑み込んで、紅茶をもう一口。その香りの余韻に浸っていると、不意にマリンがアルナにこう問いかけた。

「基礎といえば、剣術ではどうだったのでしょうか」

話題を振られ、アルナは小さく首を傾げる。

少しだけ考えてからこう言った。

「あぁ、剣術も基礎の部分が評価される。俺とクレオの戦績、マリンは知っているのか？」

「いいえ、貴方には興味ありませんでしたから」

「………」

真顔で放たれた暴言に、硬直する少年。

手に持ったカップが震えて、紅茶には波紋ができる。こぼしそうになるのを、ぐっと堪えてから彼は、気持ちを切り替えるように改めて説明した。

「俺とクレオ――剣術の分野においては、俺の百五十二戦全勝だ」

自分は決してクレオに負けていない、と。

だが、その後にアルナはふっと息をついて続けるのだった。

「でも、アイツの凄さは基礎じゃない。クレオは、もっと上の戦い方を知っているんだよ」

そして語り始める。

自分とクレオの、決定的な違いについて、を……。

◆

――少年が初めての挫折を味わったのは、何でもない晴れた日だった。

その日もアルナは、黙々と木剣を振るっていた。学園は休みであったが、誰もいないそこに立ち入り、訓練場を借り切ったのだ。鍛錬を積むのなら自宅でも構わないのだが、休日の学園の方が野次馬のいない分だけ集中できる。そういった都合から入学以来、彼はこれを続けていた。

しかし、いつもと変わらないある日。

「あ、れ……？　アルナくん」

「ん……？」

彼しかいない空間に、一人の客人が現れた。

見ればそこに立っていたのは、どこか頼りない印象を受ける少年だった。どこかで見た覚えがあるのだが、入学して間もないために記憶が定かではない。

だがそれでも、学園服に袖を通しているところから、関係者であるのは確かだった。

「……あ、ボクのことは分からないか。えっと、ボクはクレオ・ファーシードっていいます」

「クレオ……あぁ、たしか公爵家の――」

「あはは。やっぱり、家の方が有名だよね」

アルナの反応を見て、どこか寂し気に笑う少年、クレオ。

そんな彼の言葉を聞いて、アルナは首を左右に振ってみせた。

「違ぇよ。お前、たしか剣術の成績で、俺の一つ下だっただろ？」

そして記憶と照らし合わせて、そう訂正する。

アルナの頭の中にあったのは、先日行われた入学以来初の剣術試験のことだった。まだまだ、名前と顔が一致はしないものの、貼り出された成績で、この少年のことは知っている。

公爵家の嫡男であり、剣術において自分の次に実力を持つ者。

それも僅差であったことを含め、アルナはその名前だけはしっかり記憶していた。公爵家の息子だったから、というのは関係ない。

そういったつもりで、アルナは彼に伝えたのだが……。

「そうだね、２番手のクレオだよ」

どういうわけか、クレオは少し寂しそうな表情で肯定した。

アルナは何事かと首を傾げたが、しかしすぐに思考を切り替える。そして、乱雑に片づけられた鍛錬用の木剣に目をやった。

「なぁ、クレオ？　ここに来たってことは、つまり鍛錬しにきた、ってことだろ？」

「え、うん。そうだけど……」

「だったら、折角だし実戦形式でやらないか？　――何でもありで、な」

木剣を拾い上げ、相手に投げるアルナ。

クレオは驚いた表情でそれを摑み、どこか唖然としたように目を丸くする。

「い、いいのかな……。ボクたちで勝手に、そんなことして――」

「構いやしねぇって！　それに、俺の相手に相応しい奴なんて、滅多にいないからな」

――これは、良い練習相手になる。

アルナはクレオを見て、そんなことを考えた。

実家でも自分の相手になる騎士はいない。独自で磨き上げたアルナの流派には隙がないと、誰もがそう口を揃えて話していた。実際に、現時点で少年は挫折を知らない。

敗北というものの味を知らない。

「ホントに、何でもありだからな！」

「え、あ……うん！」

だから、これからも。

自分は勝利し続けるのだろうと、彼は思っていた。

「それじゃ、行くぜ！」

「行くよ！」

――そう、この時までは。

「え……？」

次の瞬間だった。

腹部に、強烈な痛みが走ったのは。

「ぐっ……!?」

アルナは一度、距離を取ってから状況を確認する。

自分に何が起きたのか、それを確かめた。

「今の、なんだ……？」

まるで分からない。

自分はクレオと剣をぶつけ合った。その直後に、視界が歪んだのだ。魔法の類ではない。それなら、自分はとっくに消し炭になっていた。それだけは分かる。

だとすれば、可能性としてあるのは……。

「体術、ってことか……！」

クレオの姿勢を見て、それを確信した。

ゆっくりとした動きで、相手の少年は振り上げた膝を下ろす。先ほどの一撃はつまり、接近戦からの一打だったのだ。何でもありとは言ったが、アルナの頭の中からは完全に抜け落ちていた。

——なるほど、これは面白い。

「そっちがその気なら！」

自分は、剣術でそれを超えてやる——と。

アルナは足に力を込めて、クレオに向かって猛進する。そしてこの時、彼は理解した。

——自分はまだ、井の中の蛙に過ぎなかったのだ、と。

◆

その日から、アルナの挫折の日々が始まった。

学園が休みになると、決まってアルナとクレオは訓練場に足を運ぶようになった。特別な用事がない限りは、特に示し合わせたわけでもないのに、手合わせするようになったのだ。

しかし、アルナは何度やってもクレオには勝てなかった。

自身が作り上げた流派——その穴を、ことごとく突かれたのだ。改善しても、改善しても、幾度となく弾き返される。しかもすべて初見で、だ。

少しだけ押したと思っても、すぐに反撃されてしまう。

そして、そこからは圧倒的な力でねじ伏せられてしまうのだ。

「バケモノかよ、アイツ……」

自室のベッドでうつ伏せになり、枕に顔を埋めながらアルナはぼやく。

あれから、剣術の授業で手合わせすることはあった。そこで確信したのは、間違いなく『剣術のみ』であれば、自分が一歩先を行っていること。

しかし総合力、判断力、そして——。

「洞察力、ってやつなのかな……」

その点においては、明らかな敗北を喫していた。

体術に対応すれば、次は小威力ながら魔法で。それに対応すれば、また別の角度から。剣術における公式試合では、アルナが全戦全勝だった。

だけども、非公式な何でもありの戦いでは——全戦全敗。

「………」

寝返りを打ち、大の字になって天井を見る。

そして、どこか落ち込む自分の気持ちに向き合うのだった。

「間違いなく、クレオは俺よりも強い。これは事実だ」

冷静に、分析する。

これまでの戦いを思い返し、思考を巡らせる。

いつの間にか、クレオを仮想敵としてシミュレーションするのが、アルナの日課になっていた。

どうすれば勝てるのか。どうすれば、一歩でもいい、クレオを出し抜けるのか。

そればかりを考えるようになっていた。

頭の中には常に、最強の好敵手が存在する。

日々の生活の何気ない時間でも、いつの間にか彼のことを考えていた。

「どうすれば、勝てるんだ」

もう、負けたくはない。

その思いだけで、アルナは決して良くはない頭を使う。

だが不思議なことに、座学嫌いな彼にとって、これは嫌ではなかった。むしろ――。

「……ったく、ホントに強ぇなぁ」

自然と笑みが浮かぶ。

嬉しかった。自分を打ち負かす存在が、同年代に現れたことが。それまではずっと、自分が何のために剣を振るっているのか、騎士になって何を為すのか、それが見つけられなかった。

だが今になってようやく、アルナにはその一端が見えてきたのだ。

挫折の日々、決して楽ではない毎日だった。

それでも――。

「あぁ、ホントに……！」

その日々は間違いなく、彼が一人前の剣士になるために必要な日々だった。

◆

アルナは二人に話し終えて、結論付けた。

「つまりクレオの凄さってのは、何においても対処できる順応力、対応力なんだよ。もっとも、それを本人が自覚しているかは謎だけどな。俺よりも上の戦いをしているってのは、要するにエキスパートにはなれないけれど、それを補って余りあるポテンシャルで――」

「ストップですわ。貴方がクレオ信者であるのは分かりましたけど、少し熱くなりすぎですわ」

いつの間にかヒートアップしていたアルナの言葉に、容赦なく横やりを入れたのはマリン。彼女もまた、クレオに心酔している一人ではあるが、彼の勢いは常軌を逸している。

それはリリアナも同意見だったらしく、大きく頷いていた。

「……分かったよ。でもさ――」

そのことに落胆を隠せず、肩を落とすアルナ。

しかし彼はそこで、二人に問いかけるのであった。

「当時、というか今でも一部――特にクレオの親父なんかは、そのことを理解しようともしない。

このことについて、二人はどう思っているんだ？」

その問いかけに、少し考えこむリリアナとマリン。

先に口を開いたのは、聖女の方だった。

「そうですわね。たしかに、あまり健全な状況ではないかと……」

王女の方は少し考えた後に、こう切り出す。

「それについては、また後日話し合うことにしましょう？　――それで、最後は貴女ですよ」

「わたくし、ですか？」

そして、珍しく王女から話題を振られて小首を傾げた聖女。

「私たちも昔話をしたのですから、貴女もするべきだと思いませんか？」

「……まぁ、たしかに」

言われてマリンは、記憶をたどるようにして。

数分ほど思案した後にこう口にした。

「それでは最後はわたくしと、クレオの出会った頃のお話をしましょうか」

若干、頬を赤らめて。

彼女は懐かしむようにして、語り始めるのだった。

◆

——今日こそ、彼の心を射止めてみせますわ。

マリンがそう決心したのは、かれこれ何度目のことであっただろうか。ふとしたキッカケで知り合ったクレオという少年に、後に聖女と呼ばれることとなる少女は恋焦がれていた。

毎日のように公爵家を訪ねては、彼のことを遊びに誘う。

そうすると決まってリリアナ王女もくっついてくるのだが、そんなことは当時のマリンには関係なかった。恋敵としての意識はあったが、まだまだ子供だったのだ。

「今日は公務であの女もいませんし、チャンスですわ」

夏のある日のことだった。

少年少女が元気いっぱいに走り回る、王都立公園にマリンはいる。

隣にはクレオの姿。先ほど思わず口に出たように、リリアナ王女は王族としての役割があるために、不在となっていた。ともなれば願ってもない機会なわけなのだが、困ったことがある。

「でも、どのように会話を切り出せばよいのでしょう……！」

それというのも、単純な話であった。

いつもならリリアナが先陣を切り、対抗するようにマリンも会話に参戦する——という流れ。しかしながら、本日は王女がいない。そう、クレオと二人きりなのだ。

そう、二人きり――。

「ふみゅう……！」

その文言に考えが至った時、マリンの思考は一瞬だけ熱を上げた。

だが、いつまでも頬を赤らめている場合ではない。深呼吸をしてから、はやる気持ちを必死に抑えつけて、少女は少年に提案した。

「ところでクレオ。――庶民の遊びはご存知ですか？」

「庶民の遊び……？」

言い方に若干の棘(とげ)はあったが、それでも聞き流してくれたらしい。

少年はマリンを見て、幼い顔に不思議そうな色を浮かべた。ひとまず、ここまでで第一段階は成功のようだ。少女は乾いた唇をバレないように舐(な)める。

そして、こう切り出した。

「えぇ、そうですわ。わたくしたちはいつも、おままごとばかりしていたでしょう？　そういったお茶会よりも、もっと身体を使った遊びの方が健康的ではありませんか？」

やや上ずりながらも、それっぽいことを早口で。

今はいないがリリアナ含めた三人は普段、茶菓子を持ち寄って会話を楽しんでいた。もちろんクレオは苦笑いをしながらの参加が常であったが、女子たちは気づいていない。

したがって、マリンの申し出はクレオにとっては嬉しいものだった。

「いいね！　それじゃ、鬼ごっことかどうかな！」

「お、おにごっこ……？」

だから、今度はクレオが興奮したように提案する。

その遊びのルールを知らないマリンは、少しばかりキョトンとするが、今は文句を言っていられないと切り替えた。そして、少年の提案に首肯するのだ。

「いささか、その遊戯のルールに不安はありますけれど。大丈夫、構いませんわ！」

念願のクレオとの二人きりの時間。

この機を逃しては、次はいつになるか分からない。とりわけ、あのお邪魔虫たるリリアナは、王女でありながらクレオのこととなると、やけに突っかかってくるのだ。

常にクレオの隣に陣取って、マリンが告白する隙を与えない。

そして最後には、勝ち誇った顔をするのだった。

「簡単だよ。かけっこして、タッチされたら攻守交代！」

「分かりましたわ……！」

――なんだろうか。

あの憎き女の顔を思い浮かべると、心の底から黒い感情が溢（あふ）れ出すマリンである。クレオの説明すらも聞き流しつつ、少女はぐっと拳を握りしめた。

頭の中にあるのは一刻も早く、あのリリアナを出し抜くこと。

そのためにはまず、作らなければなるまい。

「……作ってみせますわ」

そう、俗にいう——。


「既　成　事　実　を　！」


今日の遊びは身体を使うもの。

だとすれば、押し倒すなりなんなりで、そういった関係になるのも可能だ。

幼いマリンの作戦は穴だらけであることもさることながら、同時にどこで得た知識なのか、妙に生々しい内容を含んでいた。……いったい、どのような環境で育っているのか。

とにもかくにも、ジャンケンをして最初はマリンが鬼になることが決定した。そして、当時のマリンにとっては一世一代の勝負が始まったのだ。

◆

――もっとも、穴だらけの作戦が上手くいくはずもなく。

「ぜぇ、ぜぇ……！　クレオ、どこですの……⁉」

体力不足が露呈したマリンは、大粒の汗を流しながら木の棒を支えに立っていた。炎天下において、普段はあまり運動しない少女が突然、まともに動けるはずがない。

赤ら顔になりながら、持ってきた水分をこまめに補給しつつ少しずつ前へ進む。完全に膝が笑ってしまっており、鬼の役割など果たせようもなかった。

しかし、クレオはそれでも元気いっぱい、もはや見えないところへ行ってしまったらしい。名前を呼んでも、彼の姿が見えることはなかった。

「はぁ……」

公園に備え付けられた椅子に腰かけて、ひとまずの休憩をするマリン。

空を仰ぎ見れば、そこには雲一つない青空が広がっていた。

それに思わずだが、少女は以前を思い出して感極まる。

「こうやって遊べるのも、クレオのおかげですね……」

マリンの家――シンデリウス家は、少しばかり曰く付きだった。それ故に、クレオと出会う前の彼女は他の子どもたちから見向きもされず、ずっと独りぼっちだったのだ。

そのことを、ふと一人になって、マリンは思い出す。

「…………」

沈黙の向こう側から、他の貴族の子供が遊ぶ声が聞こえた。

少し前の自分はたしか、あれを今のように遠くから眺めて、泣いていたのだ。そんな自分に手を差し伸べてくれたのがクレオ。彼は家柄など度外視で、一個人としてのマリンを見てくれた。

それが嬉しくて、嬉しくて、嬉しくて――あっという間に、恋に落ちたのだ。

胸に手を当てて深呼吸をすると、思い出による胸の高鳴りが聞こえた。

「あぁ、わたくしは本当に。クレオのことが――」

そして、改めて事実を口にしようとした。

その時だった。

「おい、お前！　もしかして、汚れたシンデリウス家の子供じゃないか？」

「え…………？」

彼女にそう問いかける、一人の少年があったのは。

見るとそこには、いかにも悪ガキといった顔立ちに、恰幅（かっぷく）の良い体つきをした同世代の貴族の子供の姿があった。彼はにたりと笑うと、他の仲間にも集合をかける。

どうやら、この一帯を仕切っているガキ大将らしい。

彼はマリンを取り囲むよう、他の子供に指示を出した。

すると間もなく口元に子供らしからぬ笑みを浮かべた者たちが、彼女の逃げ場を封じる。独特な空気が漂い始め、関係のない子供たちは散り散りにいなくなってしまった。

状況を確認してから、ガキ大将である貴族の少年は腕を組んだ。

対してマリンは少しだけ声を詰まらせるが、しかし果敢にこう告げるのである。

「は、恥ずかしくないのですか⁉　こんな、一人に複数人だなんて‼」

震える拳と喉。

それでも、精一杯に彼女は不正を追及した。しかし――。

「恥ずかしい……？　ばーか。それは、お前のことじゃないのか？」

主犯格たる少年は、見下すようにして断言する。

「お前みたいな『汚れた血の貴族』が存在している方が、よっぽど恥ずかしいさ！」――と。

それは、マリン・シンデリウスのみならず。

彼女の生きている環境そのものを貶（おとし）める発言だった。

「――――⁉」

彼の言葉を聞いた瞬間、少女は頭を鈍器で殴られたような衝撃を受ける。

激しい怒りもあった。しかしそれ以上に、マリンの中に生まれたのは過酷な現実による悲しみ。

自分はやはり、人の輪の中に入るべきではないのだ、という感情だった。

クレオに出会わなければ、自分はずっと一人だった。

でも、そもそも彼と並んで歩く権利はあるのか。

少女は涙を必死に堪える。

「お父様が言っていたぞ？　――シンデリウス家は貴族の恥さらしだ、ってな！」

「そ、それは……！」

それが、トドメだった。

子供の無邪気な悪意がマリンの胸に突き刺さる。

いよいよ涙が溢れ出し、少女は震える瞳から大粒の涙を流し始めた。だが――。

「それにしても――」

次に少年が口にした言葉を耳にした瞬間。

「ファーシードも、落ちぶれたものだよな！」

「⁉」

マリンの中で、何かが弾けた。

少女は無意識のうちに立ち上がり、小さな手で少年の頬を力いっぱいに叩く。周囲に乾いた音が鳴り響き、直後に場は静寂に包まれた。

誰もが予想していなかったマリンの行動。

叩かれた少年は明らかに狼狽えて、彼女の怒りに満ちた顔を見る。

「わたくしのことは、百歩譲って許します。ですが――」

そんな相手に、少女は声を大にして宣言した。

「クレオや、わたくしの大切な友達を貶す発言だけは、決して許しはしません!!」

宣戦布告とも取れるそれに、周囲は目を丸くする。

だがすぐに、主犯格の少年が激高する声で、我に返るのだった。

「ふざけるな！　シンデリウス風情が、この僕の頬を叩くなんて！　――お前たち、今すぐこの不届きな女をこらしめろ!!」

一斉に、他の子供たちがマリンに躍りかかる。

そうなってしまうと、もはや彼女にはどうしようもなかった。

一所懸命に抵抗を試みるが、多勢に無勢であり、一方的なイジメが始まる。

「どうした？　さっきまでの威勢は、どこに消えたんだ!?」

「く…………！」

唾を吐きかける少年に、睨み返すことしかできないマリン。

こうやって、自分はまた一人になるのか――と、少女は悔しく思った。クレオに手を差し伸べられたあの日から、すべてが輝いて見えた。それでも、結果は変わらない。

結局のところ、自分は変われない。

マリンはそこに至ってついに、諦めようとした。だが――。

「やめろおおおおおおおおおおおおおおおおおおおおおおおおおおおっ‼」

その時だった。

どこからか、聞き覚えのある少年の叫びが聞こえたのは。

「な、ファーシード⁉」

「クレ、オ……？」

それは間違いない。

マリンにとっての救世主の声だった。

「ち、逃げるぞ！」

彼の登場で状況は一変する。

勝ち目はないと判断したガキ大将は、撤退を命じた。四方八方に散っていくイジメっ子たち。そしてマリンはただ唖然としながら、その場にへたり込んだ。

駆け寄ってきたクレオを見上げて、ポロポロと涙を流す。

「マリン、怪我してる！」

しかし彼女の涙よりも全身に残った擦り傷を見て、クレオは即座に治癒魔法を使った。

「あ……」

その治癒魔法は、あっという間に少女の傷を癒していく。

本来ならば子供には扱えないそれを目の当たりにして、マリンは心の底から驚いた。だがしかし、それよりも気になったのは――。

「ごめん、なさい……」

自分のせいで、クレオにも悪い噂（うわさ）がたっている。

その事実だった。

「わたくし、やっぱり一緒にいない方がいいですわ。そうでないと……」

このままでは、クレオがひどい扱いを受けてしまうかもしれない。

そのことが、脳裏をよぎった。それはきっと自分が酷い目に遭うよりも、ずっと辛いこと。自分のせいで、誰かが傷ついたりするのは苦しかった。

「やっぱり、結果は変わらないのですわ。だから……」

――金輪際、会わないようにしましょう。

マリンは静かに、大好きな少年に向かって言おうとした。

「……？　結果よりも、意味の方が大切じゃない？」

「え……？」

その時だ。

クレオが手を差し伸べながら、そう口にしたのは。

「どういう、ことですの……？」

マリンは彼の言っていることが分からず、首を傾げた。

するとクレオはにっこりと笑いながら頷いて、こう言うのだ。

「結果はあくまで結果でしょ？　ボクがマリンといた結果、どういう目に遭うかは分からない。頑張っても、ひどい目に遭うのは変わらないかもしれない。でもさ、ボクはマリンと一緒に頑張ったっていうことの『意味』を大切にしたいかな？」

「わたくしと、頑張った意味……？」

繰り返す彼女に、少年は最後に。

「たとえどんな結果になったとしても、そこに意味を見出すのが——その人の役目だと思うよ」

そう、笑いかけた。

なんと綺麗(きれい)な言葉なのだろうか。

その時のマリンにとって、クレオの言葉は救いだった。

「わたくしは、傍にいてもよろしいのですか……？」

「うん！　ボクは、そっちの方が嬉しいかな！」

「クレオ……！」

手を掴み、その勢いのまま少年に抱きつく少女。

泣きじゃくり、彼の優しい手によって頭を撫(な)でられ、慰められる。

気づけばもう夕暮れ時。二人だけになった公園の中には、どこか優しい時間が流れていた。

◆

「その時のことがキッカケで、わたくしは治癒魔法を学ぼうと決めたのですわ。いつかあの日のクレオのように、わたくしもクレオを癒すことができれば、と……」

——その最初の手解きは、クレオから、ですけれど。

そう付け加えて、マリンは昔話を終了した。

「なるほど、な……。そんなことがあったのか」

「クレオらしいといえば、クレオらしい言葉ですね」

紅茶を飲み終えたリリアナとアルナも、その話に納得したように頷いた。結果そのものよりも、そこに意味を見出すのが人間の役割だ、と。

それは一見して無意味だと笑われそうなことにも、全力を注いでいた彼らしい言葉だった。同時にによく分かったのは、やはりクレオという少年の特異性だろう。

「本当に、クレオは凄いですね……」

リリアナはそう言って、静かに目を閉じた。

幼馴染みでありながら、彼の力の底はまだまだ知ることができない。もしかしたら、今もどこかで無自覚に実力を見せつけているかもしれなかった。

それを想像して、くすりと王女は微笑む。

「アイツが評価される場を、俺たちで作らないといけないな」

「そうですね……」

アルナの言葉に納得しつつ、リリアナはちらりと窓の外を見た。

彼がいなくなってしばらく経つが、どこか落ち着かない気持ちがあった。それでも、彼の凄さを知る者が自分だけではないのだと、それをハッキリと理解できて安堵（あんど）する。

それと同時に――。

「そのためにはまず、あの無能をどうにかしないと……」

思い浮かんだのは、クレオの父――ダン・ファーシードのことだった。

エキスパートたれというよく分からない家訓に縛られ、クレオのことを勘当した張本人。今も必死に息子のことを、昼夜問わず探し回っているとのことだった。

それなりに時間が経過しているのだが、一向に進展が見られないことから、リリアナは容赦なくダンのことを無能呼ばわりしている。特に最近は顕著で、家臣たちにも「あの無能は、いまどこか」という風に言っているほどだった。

一国の王女としてどうなのか、という感じではあるが……。

「ひとまず情報が入り次第、この三人で共有することにしましょう」

「了解、っと。それじゃ、俺はそろそろ仕事に戻るぜ」

ため息一つ、リリアナが言う。

するとそのタイミングで、アルナは立ち上がり去っていった。

「貴女も、分かっていますね？　——マリン」

そして最後に、王女は聖女に釘を刺す。

「あら、抜け駆けなんて致しませんわ？　信じてもらえなくて、マリンは悲しいです」

するとマリンは、わざとらしくそう言うのだった。

「はいはい。そうですか、分かりました！」

そんな相手が面倒くさくなったのか、リリアナは先に部屋を出ていった。

その後ろ姿を見送って、マリンは小さく笑う。

「ふふふ。約束は致しませんけどね……？」

そして、意味深な言葉を残す。

クレオについて語り合う会はこうして、終わりを迎えた。

次回はいつ開催されるのか。それは、誰にも分からない……。

あとがき

初めましての方は初めまして。北陸在住の肉系作家こと、あざね、と申します。

この度は「万年2位だからと勘当された少年、無自覚に無双する」をお手に取っていただき、誠にありがとうございます。ページ数も限られていますので、さっそく諸々（もろもろ）のお話に移りますね。

小説家になろう様にて、昨年の九月二十六日、この小説は連載を開始いたしました。そこから講談社様からお話をいただくまで、なかなか早かったのかな、とか思ったりしています。

ただ一つ、そこから刊行するにあたって起きたことについて、私から謝罪を。

「思い切り体調を崩してしまい、誠に申し訳ございませんでしたぁぁぁぁぁぁぁぁぁ!?」

はい、この通りでございます。

今年の一月から二月にかけてでしょうか。私は思い切り体調を崩してしまいまして、担当編集様を始めとして、多くの方にご迷惑をおかけしてしまったわけでございます。

ずっと胸に引っかかっていたことだったので、この場をお借りしまして本気の謝罪でした。

そして話は変わりますが、今年の話題といえばもう「新型コロナ」に尽きるでしょう。世界的に蔓延している病ですが、この本を手に取ってくださった読者様は大丈夫だったでしょうか。どうか、決して過信することなく、手洗いうがい、そして消毒を徹底して予防に努めてください。

そして、そんな中でこの「万年2位」を読んで、少しでも楽しんでいただければ幸いです。

あとがきから読む、という私のようなタイプの読者様もおられるかと思いますので、なるべく本文の内容には触れないようにいたしますが、一つだけ。

大切な人との別れは、突然に訪れます。

それはきっと覚悟をしていても、とても悲しいことに違いありません。

ですので、あの時こうしておけばよかった、という後悔を残さないようにお過ごしください。コロナ予防の手洗いなども、後になって「しておけばよかった」では、遅いのです。

どうか、大切な人との別れの前に、少しでも後悔を残さない選択を。

自分のため、そして大切な人のため、今はどうか「心で」手を取り合っていきましょう。

——なんで、こんな真面目な話をしているの？

はい！　キャラじゃないのでここまでにして、最後に感謝の言葉を！

この作品は本当に多くの方にご助力いただき、完成することができました。担当編集様にはいつも道を照らしていただき、イラストレーターのＺＥＮ様には美麗なイラストで物語を彩っていただきました。学生時代から大ファンだった方にイラストを担当していただき、震えました。

その他にも、携わってくださったすべての方に感謝を！

そして何よりも、この作品を応援してくださった読者の皆様に最大の感謝を！

また、できれば二巻でお会いしましょう！　それでは！

２０２０年　９月　某日　あざね

Kラノベブックス

万年2位だからと勘当された少年、無自覚に無双する

あざね

2020年10月29日第1刷発行

発行者　森田浩章
発行所　株式会社 講談社
〒112-8001　東京都文京区音羽2-12-21
電　話　出版　(03)5395-3715
販売　(03)5395-3608
業務　(03)5395-3603
デザイン　ムシカゴグラフィクス
本文データ制作　講談社デジタル製作
印刷所　豊国印刷株式会社
製本所　株式会社フォーネット社

ISBN978-4-06-521019-2　N.D.C.913　275p　19cm
定価はカバーに表示してあります

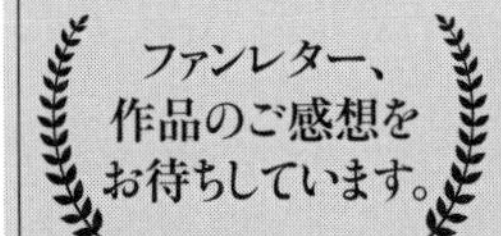

あて先
〒112-8001　東京都文京区音羽2-12-21
(株) 講談社　ラノベ文庫編集部 気付
「あざね先生」係
「ZEN先生」係